平安♥溺愛まりあーじゅ

すずね凜

Illustrator もぎたて林檎

Jewel
ジュエルブックス

目次

※本作品の内容はすべてフィクションです。
実在の人物・団体・事件などには一切関係ありません。

序章　恋すてふ

「紅子《べにこ》、紅子や。どこにお行きだね？」

青鈍《あおにび》色の尼装束をした五十過ぎぐらいの女性が、ひなびた屋敷の門扉の辺りでしきりに呼ぶ。

小走りで山道に入ろうとしていた少女が、肩越しに振り返って小さな手籠をかざしてみせた。

「お婆《ばあ》さまにあけびを取ってくるの。すぐ帰りますから！」

少女は年の頃、十歳前後。

黒目がちの澄んだ瞳が印象的な、目の覚めるような美少女だ。

豊かな黒髪を肩の辺りで綺麗《きれい》に切りそろえ、白い袿《うちぎ》に山吹重ねの表着、すんなりした素足に草履をひっかけた姿は、生き生きと輝いている。

「もう山は日が暮れるのが早いですよ。すぐに戻るのよ」

「わかってますから」

少女は機敏な動きで山道を登っていき、尼君の視界からすぐに消えた。

「本当に――いつまで経っても幼くて。同い年の女の子はもっと大人びているはずなのに」

尼君は困ったように首を振る。

「それというのも、こんな山奥で年寄りの私や乳母ばかりに囲まれて育っているせいだわ。可《か》哀想《わいそう》な紅子、あんなに可愛《かわい》らしく生まれついたのに。世が世なら蝶《ちょう》よ花よと育てられ、さぞかし評判の姫君になったろうに」

尼君はそっと涙ぐむ。

ここは都からほど近い緑深い鴉山《からすさん》の麓である。

そこに五条《ごじょう》家の別宅がある。

五条家はかつては、今や飛ぶ鳥を落とす勢いのある藤花《ふじはな》家と肩を並べるほどの権力があった。しかし、先々代の失脚から勢いを失い、今の行郷《ゆきさと》の代には一貴族として参内するのがやっとの有様だ。

紅子はその行郷と下働きの女房の間にできた娘であった。母は産後の肥立ちが悪く早世してしまい、気の強い正妻の勘気に触れるのを恐れた行郷は、幼い紅子を祖母の尼君とともにこの山の麓の別宅に住まわせたのだ。

それでも紅子は尼君や年取った乳母の愛情に育まれ、すくすくと育ち、年ごとに美しさを増していった。都でも同じ年頃で紅子ほどの美貌を持つ姫はあるまい、と尼君は内心誇らしかった。しかし、確たる後ろ盾もない身分の低い女房の娘では、このまま宝の持ち腐れとなり草深い庵《いおり》で朽ちてしまう。それが尼君には不憫《ふびん》でならなかった。

「――若鷹《わかたか》様、若鷹様」

唐松の林に入ると、紅子は小さい声で何度も呼んだ。

「紅子、ここだよ」

涼やかな少年の声が太い唐松の後ろから聞こえた。

「若鷹様！」

さっと頬を染め、紅子は小走りでそちらへ駆け寄る。

太い幹の後ろに回ってみたが、人影はない。

「若鷹様、どこ？」

さらさらした黒髪を振り乱し、辺りを見回す。

ふいに背後からひんやりした手が紅子に目隠しした。

「あ――」

驚いて棒立ちになる。

「ふふ、私は鴉山の天狗《てんぐ》であるぞ」

紅子は瞼《まぶた》を覆う手を両手でやんわり摑《つか》んだ。

「天狗様ならお鼻が長いはずよ」

紅子は両手をそろそろ伸ばし、相手の顔をまさぐる。

「長い睫毛《まつげ》、形のよいお鼻、柔らかい唇——あなたは若鷹様ね！」

「当たり！」

若鷹がぱっと両手を離し、くるりと紅子をこちらへ向かせる。

そこには十四、五歳の、はっと息を呑《の》むような美少年が立っていた。

涼やかな目元、通った鼻筋、きりりとした紅唇、艶やかな黒髪を角髪《みずら》に結い、上品な薄紫の童装束《わらわしょうぞく》をすらりと着こなしている。

「もう、隠れるなんてひどいわ」

紅子は自分より頭一つ背の高い相手の胸元をぽかぽか叩《たた》く。

「はは、ごめんごめん、降参だ」

少年は小さなげんこつを避《よ》けながら、朗らかに笑う。

その笑顔を見ているうちに紅子も心が浮き立って、はしゃいだ笑い声を上げながら若鷹にしがみつく。

「若鷹様、会いたかった」

「私もだ、紅子」

若鷹が優しく彼女を抱きしめる。

二人は木陰に腰を下ろし、紅子が採ってきたあけびを半分こにした。

「甘い――」

とろりとした乳白色の果肉を口の端につけたまま、紅子がにこりとして若鷹を見上げる。

彼は眩《まぶ》しそうに目を眇《すが》める。

「紅子、顔に種がついているよ」

「え？　どこ？」

「私が取ってあげるから、目をつむってごらん」

「はい」

紅子が素直に目を閉じて顔を上げると、若鷹の体温をふわりと感じ、次の瞬間しっとりと唇を覆われた。

「あ――」

驚いて目を見開くと、若鷹の玲瓏《れいろう》な顔がすぐそこにあった。

若鷹の柔らかな舌がつるりと口の端を撫《な》でたかと思うと、すぐに顔が離れた。

「鷹――」

初めての口づけに紅子はばくばくと動悸《どうき》が高まり、声が出せない。

若鷹も白皙《はくせき》の頬にかすかに血を上らせ、恥ずかしそうにうつむく。

「紅子――」

若鷹が掠《かす》れた声でつぶやく。

「好きだ」

紅子は喜びと切なさが一気に胸に迫り、息ができなくなる。

「わ――私も……す、好き……」

震える声を振り絞って告白する。口にしたとたん、羞恥で全身がかあっと熱く燃え上がるような気がした。

若鷹がぱっと顔を上げる。頬が紅潮し、黒い瞳が歓喜に煌《きら》めいている。

「本当に？」

「本当よ」

二人はじっと見つめ合う。幼い瞳の中に熱く燃える恋の炎。そこには愛《いと》しい互いの顔が映っている。

「紅子――」

若鷹が紅子を引き寄せ、再び口唇を塞いでくる。

「ん……」

軽く触れるだけの口づけだったが、全身が甘く痺《しび》れて蕩《とろ》けそうになる。彼の体温や息づかいが間近にあるだけで、どきどき心臓が早鐘を打つ。

「好きよ――若鷹様、誰よりも好き」

「私もだ、可愛い紅子――この世の中で君が一番愛おしい」

二人は額をぎゅっと押し付け、愛をささやき合う。

「でも――」

ふっと若鷹の瞳が暗く曇った。

「私は、十五になれば帝《みかど》の命で剃髪《ていはつ》せねばならないだろう」

その瞬間、紅子の胸が抉《えぐ》られるように痛んだ。

若鷹が出家する――それは幼い彼に課せられた運命だった。

彼は――現帝の第二皇太子であったのだ。


――一年前。

紅子はいつものように山に入り、花を摘んだり蝶と戯れたりしていた。

同世代の子どもが一人もいない別宅で、祖母や年取った乳母とばかりいるのはあまりに気塞ぎで、午後になると山の中腹辺りで一人遊びをするのが習慣になっていた。

きらきら光る木漏れ日を見上げながら、ぼんやり木陰に佇《たたず》んでいた時だ。

ふとどこからともなく、かすかな横笛の音が聞こえてきた。

「え？　誰が？」

紅子はぎくりとする。

この山に五条の別宅以外の人が住んでいるとは、聞き及んでいなかった。

笛の調べはこの世のものとも思えないほど美しかった。

高く低く、紅子の心の琴線に触れるように響いてくる。

(どこでどなたが奏でているの？　も、もしかしたら鴉山に住んでいると噂《うわさ》されている、天狗かしら……)

紅子は一瞬躊躇《ちゅうちょ》したが、好奇心の方が勝り、意を決して音のする方へそろそろ足を運んだ。

唐松林を抜けると、ふいにぽっかりと拓《ひら》けた場所に出た。

そして――。

大きな切り株に腰を下ろした一人の少年が、目を閉じて横笛を吹いていた。

「!?」

彼は匂い立つような美少年だった。

角髪に結った長い黒髪が木漏れ日を受けて艶々光り、閉じた長い睫毛が白い頬に長い影を落とし、整った美貌に憂いを与えている。着ている童装束は僧侶が着るような薄鈍色だが、それがかえって少年に凛《りん》とした気品を与えている。

笛の楽曲は、紅子が聞いたこともない哀愁を帯びたもので、じっと聴き惚《ほ》れているとなんだか胸が締めつけられて、涙が込み上げてしまいそうになる。

ひとしきり奏でると、少年はふっと目を開けた。

涼やかな目元があまりに人間離れして麗しいので、紅子はこれは楽の神様の使いではないかと思った。

(神様ならお邪魔してはいけないわ)

そう思ってそっと後ずさりすると、落ちていた枯れ枝をみしりと踏んでしまった。

「誰?」

少年ははっと振り返った。

「あ――」

見咎《みとが》められ、紅子は棒立ちになった。

「あ……?」

少年も呆然《ぼうぜん》としたように固まっている。

その日の紅子は、薄桜色の小袖に赤い切り袴《ばかま》姿だった。緑豊かな木立の中にすんなり立っていると、ひときわ鮮やかに映えていた。

「君は――天女のお使い?」

少年が頬をかすかに染めて声をかけてきた。よく通る澄んだ声だ。

「あ、いえ――私は……」

紅子は互いが神様のお使いだと勘違いしたことが、なんだか嬉《うれ》しくおかしく、にこりと微笑《ほほえ》んだ。少年が魅入られたように息を呑む。

「私は、お山の麓にある五条の庵に住んでいるの。あなたは？」

少年がほっと息を吐く。

「私は、この山の隣の高矢山《こうやさん》にある天萬寺《てんまんじ》にいるのだよ」

「まあ、お坊様なの？」

「いや――まだ」

少年が言葉を濁す。

「時々ね、ここに来て一人で笛を吹くのが好きなんだ。寺には私と従者の望月《もちづき》以外は皆大人ばかりで、つまらないんだ」

「それなら私と一緒だわ。私もね、お婆さまや年取った乳母や侍従だけなので、つまらないの。いつも一人で遊んでいるの」

少年が眩しそうに紅子を見る。

「そうか、君も一人なんだね」

「あの――おそばに行ってもいい？　笛を聞かせてもらっても？」

紅子がおずおずと言うと、少年は花が咲くように艶《あで》やかに笑った。

「いいとも、ここにお座りよ。今まで鳥や猿にしか聞いてもらえなかったから、嬉しいな」

紅子が側《そば》に腰を下ろすと、少年は笛を構え直して吹き始める。

哀愁を帯びた演奏に、紅子はうっとり聴き惚れた。

横顔にまだあどけなさの残る少年のどこに、こんな深い楽の音を響かせるものがあるのかと、紅子はなにか胸に迫るものを感じる。

曲が終わり少年が笛をそっと下ろしても、あまりに感じ入ってしばらく言葉がなかった。

「……素晴らしかったわ……」

しばらくして、紅子は深いため息をついて言う。

少年が上気した顔で微笑む。

「あの……また、ここに聞きにきてもいい？」

「いいとも。そうだ、酉《とり》の日にはここに来るから。きっとおいで」

「嬉しい！　あの——私は紅子」

「私は——若鷹」

「若鷹様、きっと約束よ」

紅子が右手の小指を差し出すと、若鷹が恥ずかしそうに自分の小指をそれに絡めた。

「約束するよ」

こうして孤独な少年と少女は知り合い、心を寄せ合った。

紅子は酉の日には早朝から、最初に出会った切り株で若鷹を待ち焦がれた。

若鷹も必ずその日には現れ、二人で森を散歩したり持参した草紙を読み回したり、水菓子を分け合っておしゃべりをしたりして楽しんだ。

紅子は初めてできた同じ年頃の友達に夢中になった。

それが美しい少年ならなおさらで、自分でも気がつかないうちに心の中で彼への思慕が育っていたのだ。

若鷹は賢く優しかったが、自分のことはあまり語りたがらず、謎めいていた。その見るからに高貴な容貌から、相当な良家の子息であるだろうと想像はついたが、その彼がなぜ山深い寺にいるのか、紅子には理解できないことだった。


ある初秋の酉の日。

その日は朝から薄ら寒い霧雨が降っていた。

紅子は迷ったが、どうしても若鷹に会いたくて、尼君や乳母の目を盗んで山に入った。

待ち合わせの場所の木陰で雨宿りしながら、ひたすら彼を待った。

(今日は若鷹様はおいでにならないかな。ううん、きっと来るわ)

冷えた両手を擦《こす》り合わせながら一途《いちず》に思う。雨足が少し強くなってきた。

ふいに向こうの藪《やぶ》ががさりと音を立てた。

「若鷹様?」

紅子が声をかけると、さらに藪が揺れ、ずんぐりとした大きな黒い影が姿を現した。

「⁉」

そこには――巨大な猪《いのしし》が立っていた。

紅子は声もでないほど驚愕《きょうがく》した。

この時期、猪たちは山奥に潜っているはずだ。だが今年の長雨で山に食べ物が少なく、この獣は中腹まで降りてきたに違いない。

「――あ、あっちへ行って……」

紅子が掠れた声を出すと、猪はふーふーと荒い鼻息を立てて、じりじりと近づいてくる。

あまりの恐怖に気が遠くなりそうだ。

足ががくがく震えて、その場に倒れそうになる。

「だ、誰か、助けて……！」

声を振り絞ったが、こんな山の中で誰がいるはずもない。

一段と近づいた猪の獣臭がぷんと鼻をつき、鋭い牙がぎらりと光る。

「いやぁ！　若鷹様ぁ！　若鷹様！」

思わず彼の名を叫んでいた。

「紅子！」

ふいに目の前にひらりと少年が立ちふさがる。薄鈍色の衣に薫《た》きしめた芳《かぐわ》しい白檀《びゃくだん》の香りに、紅子は涙が出るほど嬉しくなった。

「そのまま動かないで。声も立てるな」

背中で紅子を覆い隠すようにした若鷹は、小さいが鋭い声で彼女に言う。

紅子はこくんとうなずいて、彼の背中にしがみついた。

若鷹は背筋を伸ばし、きっと猪を睨《にら》みつける。

突然現れた彼の姿に、猪はぎょっとしたように足を止めている。

「はぁあっ！」

若鷹は、辺りの空気がびりびり震えるような大音声を上げた。しんとした森の中に、うわんと声がこだまする。

猪がびくりと首をすくめる。

叫びながら彼は両手を大きく広げ、足をどんどんと何度も踏み鳴らす。

「この場を去るがいい！　はぁぁああ！」

若鷹の凛とした声。

猪は若鷹の迫力に怯《おび》えたように頭を下げ、そのままくるりと背中を向け藪の中に逃げ去った。

がさがさ落ち葉を踏み敷く音が遠ざかる。

しばらく二人は声もなく立ちすくんでいた。

やがて若鷹が、そっとため息をついて紅子に声をかける。

「行ってしまったようだ――もう大丈夫だよ」

紅子は全身から安堵《あんど》の汗が噴き出し、足から力が抜けてしまう。ふらついた彼女の身体《からだ》を、若鷹がとっさに抱きとめた。

「あ……あ、怖かった――若鷹様、怖かったの」

どっと涙がこぼれる。

袂《たもと》に顔を擦りつけるようにして泣きじゃくる紅子の背中を、若鷹が優しく撫でる。

「大丈夫、もう大丈夫。でも、こんな天気の悪い日に出て来てはいけないよ」

「だって……だって……」

紅子はしゃくり上げながら途切れ途切れに言う。

「若鷹……様に、どうしても……会いたくて……会いたくて……」

ふいに若鷹が骨が折れんばかりにきつく抱きしめてくる。

「ああ私も――紅子に会いたくて、たまらなかったんだ」

「……若鷹様」

温かな胸に抱かれ紅子の心臓がどきどき早鐘を打つ。甘く切ない感情が全身を駆け巡り、その気持ちがなんであるか紅子にはやっとわかった。

――恋。

若鷹に恋しているのだ。どうしようもないほどに――。

「……好き……」

耳朶《じだ》まで真っ赤に染めて、そっとささやく。

「……紅子」

若鷹が苦しげな声を出し、そっと身を離す。

背を屈《かが》め、じっと紅子の顔を凝視する彼の表情は青ざめていた。

「君に、話さねばならない――私は……」

若鷹が何度も唾を呑み込み、振り絞るように言った。

「私は――帝である白鷺帝《しらさぎてい》の、第二皇太子なのだ」

「えっ……!?」

紅子はあまりの衝撃に息を呑んだ。

では、この目の前の愛しい少年は皇族なのだ。

身分の低い貴族の娘が親しくできるようなお方ではないのだ。

思わずへなへなとその場にくずおれた紅子に、若鷹はさらに苦悩に満ちた告白をする。

「二つ年上の兄である鷲羽《わしは》第一皇太子は、すでに次期帝の位である東宮に就かれている。将来の位争いを避けるため、私は父帝に命じられ僧侶になるべく、七歳の時に寺に入れられたのだ。元服の年になれば、剃髪し、仏門に入ることが決められている」

「……僧侶に……」

幼い紅子の胸に、その意味がじわじわと沁《し》みてくる。

仏門に入るということは、将来にわたって妻帯せずひたすら仏に仕えるということだ。

いずれにせよ若鷹は、紅子がいくら心を寄せたとて、手の届かない人だったのだ。

「……わ、わかりました……」

絶望に胸が押しつぶされそうになりながらも、健気《けなげ》に顔を上げて微笑んだ。

「では、私はもうここには来ないわ――若鷹様の修行のお邪魔になってしまいますもの……紅子は、もう……ここには……」

嗚咽《おえつ》で声が途切れてしまう。

顔を覆って泣きじゃくりながら、思わず本音を漏らしてしまう。

「――もう、会えないなんて……いや！……いやよぉ！」

再び強く引き寄せられた。

「私も――紅子に会えないなら死んだ方がましだ」

若鷹の声が涙にむせんでいる。

「ずっと――人生を諦めていた。私の人生は生まれた時から決まっているものだと。我欲を捨て、仏に心を捧《ささ》げることが私の生きる道だと。でも、でも――紅子に出会ってしまった――君と会いたい、君と生きたい、君の側にいたい――それが罪なことだとわかっていても、私にはどうしようもないほど、君が恋しい――」

「若鷹様……！」

天にも昇るような嬉しい告白だが、それと同じくらい絶望感に襲われる。

こんなに好き合っても、二人にはなんの未来もない。

いずれは引き裂かれる運命。

二人はきつく抱き合い、互いの不運を呪った。

そして、行く末のわかっている恋だとしても、燃え上がったまっすぐで幼い情熱は、抑えることはできなかったのだ。

二人は若鷹の出家の日が来るまで、二人の時間を愛おしもうと誓ったのだ。

そうすることでますます恋心に火が付き、どうしようもないほど心が苦しくなっても、二人は会わずにはいられなかった――。


初めての口づけから時が経ち、二人は美しく伸びやかに成長した。互いを想う心もまた深くなっていた。

そして、若鷹の出家の日も刻一刻と迫っていた。

幼い恋の終焉《しゅうえん》がすぐそこだった。

――だが。

運命は、不思議な力で彼らに味方したのだ。

その冬。

都では咳逆疫《しはぶきやみ》が大流行した。高熱と激しい咳《せき》や呼吸困難に陥る流行病だ。

運悪く、東宮君も病魔に襲われたのだ。

やがて重篤になり、帝が国中の名僧を集め、必死で快癒の加持祈禱《きとう》をさせたにもかかわらず、遂に帰らぬ人となったのだ。

帝はおおいに嘆き悲しまれた。

そして喪に服しながらも、第二皇太子若鷹を次期帝として東宮に遇することを宣旨したのだ。

東宮薨御《こうぎょ》と第二皇太子若鷹が次期帝となるという知らせは、すぐに五条の別宅にも届いた。

皆が喪に服する準備で大わらわな中、紅子の胸は千千に乱れた。

(若鷹様が東宮になられるということは、都にお戻りになるということだ)

いずれは出家してしまうはずの若鷹だったが、山にいれば顔を合わせ言葉を交わすことくらいはできるかもしれない、と淡い期待もあった。

だが東宮として宮中に住まうことになれば、もはや紅子は二度と彼に会うことはできまい。

それは身を切られるより辛《つら》かった。

(それでも、若鷹様ほどの方が山深いお寺で埋もれてしまわれるより、ずっといいのだわ――)

愛しい彼の輝かしいこれからを心から祝福し、自分の初恋は心の奥底に仕舞い込もう。

紅子は健気にそう決心した。

——翌日の子《ね》の刻の頃だ。

すでに五条の屋敷の皆は深い眠りに落ちていた。ただ紅子だけは若鷹のことを思い、悶々《もんもん》としていた。と、誰かが紅子の寝所の妻戸をこつこつと叩いた。

「紅子、紅子、私だ——」

呼ぶ声は確かに若鷹のもの。

紅子はぱっと被《かぶ》っていた袿を剝いで飛び起き、妻戸の閂《かんぬき》を外した。

暗い山道を必死で降りて来たのだろう、髪も衣服も乱し息を荒らがせた若鷹がそこに立っていた。

「若鷹様！　なぜここに⁉」

驚く紅子を彼はぎゅっと抱きしめた。彼の身体は冷えきっている。

「もはや時間がない。私は明日には都へ、宮中に戻らねばならない」

若鷹の声は切羽詰まっていた。

「——東宮様としてですね」

紅子の言葉に若鷹はうなずく。

「そうだ。ゆくりなくも、私は皇位継承者となってしまったのだ。なんという運命だろう」

「お隠れになった東宮様には心よりお悔やみ申し上げます。でも、若鷹様にはおめでたいことです」

紅子が努めて平静に言うと、若鷹はぐっと紅子の肩を掴み顔を寄せた。

「そうだ。兄上にはお気の毒であったが、私と君とに未来が見えてきたのだ」

「え？」

きょとんとする紅子に、若鷹は真摯な表情で言う。

「待っていろ。必ず君を迎えにくる。私は君を正室として迎え入れる。約束する」

紅子はにわかには信じられない思いだった。

「嘘《うそ》――そんなこと。私は――身分の低い貴族の娘で――」

若鷹は終わりまで言わせず、彼女の唇を奪う。

「ん……んぅ……」

唇を割って熱い舌が侵入し、口腔《こうこう》を舐《ねぶ》る。

「ふ……んんっ」

舌をきつく絡め取られ吸い上げられると、頭がじんと甘く痺れてしまう。

「く……ふ……んん、んぅ……」

歯列から歯茎口蓋まで丹念に貪られ、唾液を啜《すす》り上げられる。

いつにもまして熱烈な口づけに、壊れそうなほど心臓が高鳴り息が詰まってしまった。

「愛しい私の紅子、きっと君を連れにくる」

深い口づけの後、銀の唾液の糸を引きながら、若鷹が熱くささやく。

「はい……待ってます」

紅子は潤んだ瞳で見上げる。

たった今、若鷹から求婚されたのだ。ずっとずっと紅子が夢に描いていたこと。

「そうだ、私だけを信じればいい」

若鷹が強くうなずく。そしてすっと小指を差し出す。ほっそりした紅子の小指がそれに絡まる。

「約束する。必ず迎えにくる」

東宮になると決まったわずか一日で、彼はひときわ自信と威厳に満ちているように見える。

「若鷹様、好き、だいすき」

「私もだ、紅子。恋しい恋しい私の紅子」

二人は心を確かめ合うように、再び唇を合わせた。


新年明け。

宮中に戻った若鷹は元服の儀を行い、正式な東宮となった。

紅子はひたすら彼のことを想い彼を信じ、五条の屋敷でひっそりと暮らした。

ぷつりと外遊びをやめてしまい、家に閉じこもって物思いに耽《ふけ》るようになった彼女を、五条の屋敷の者たちはやっと年頃になって落ち着いたのだと解釈した。

一年経ち、二年経ち――。

紅子は花も恥じらう十五になり、初々しく匂い立つような姫君に成長した。

心に若鷹の面影だけを抱き、父や尼君がそれとなく持ち込んでくる縁談にはいっさい首を縦に振らなかった。

そしてその年――。

白鷺帝が突然の病で崩御した。

東宮若鷹は十九歳の若さで大鷹《おおたか》と名を改め、帝の位に就くことになったのだ。

第一章　めぐりあひて

如月《きさらぎ》初旬の酉の日。

紅子は青糸毛の立派な牛車《ぎっしゃ》に揺られ、都を目指していた。

こんな身分の高い人用の牛車に乗ったのも初めてなら、身につけている衣装も慎ましい五条の暮らしでは目にしたこともない豪奢《ごうしゃ》なものだ。紅梅の紋様の葡萄《ぶどう》染めの小袿に紅梅色の表着を重ねた着物は、紅子の初々しく匂い立つような美貌をさらに引き立てている。

それもこれも皆、大鷹帝が贈ってくれたものだ。

（とうとう若鷹——いいえ、大鷹帝にお会いできるのだわ）

紅子の胸は期待と緊張で膨れ上がり、今にも目眩《めまい》を起こして気を失いそうなほどだった。

望月と名乗る帝の従者が五条の屋敷を訪れたのは、正月明け早々のことだった。

濃紫の束帯姿の望月は、帝と年の頃が同じくらいに見えたが、落ち着いた知的な物腰の若者であった。

帝よりの使者ということで寝殿内に通された彼は、対した尼君に単刀直入に申し出た。

「大鷹帝よりの直々のお言葉です。五条紅子様にあられましては、女御として早々に内裏にお上りになられるように、とのことでございます」

対面に出た尼君始め屋敷の者たちにとっては、青天の霹靂《へきれき》であった。

「な、なぜに主上が、五条のような身分の低き家の娘を女御になど――」

光栄有り余り、恐れ多いことと即答できないでいる尼君に、望月は怜悧《れいり》そうな顔をさっと上げてにこやかに言う。

「大鷹帝にあられましては、当家の紅子様以外の女性は考えられないとのお言葉。全てのお仕度はこちらで手配いたしますので、五条当家にも紅子様にも、なんのご心配にも及びません」

御簾《みす》越しに望月と尼君のやり取りを窺《うかが》っていた紅子は、あまりの喜びに全身の血がかあっと熱くなるのを感じた。

(それでは――若鷹様は私とのお約束を果たしてくださったんだ！)

「きっと君を連れにくる」

そう指切りをして早や三年――。

彼の真心を疑ったことなどは少しもなかったが、ひたすら待つだけの紅子にはもどかしく辛い日々だった。

このままいつまで経っても若鷹が迎えに来てくれなかったら、自分はただ年老いてしまうのか、と不安で眠れない日もあった。

とうとう、待ち焦がれた日がやってきたのだ。

(今すぐ、今すぐ私を若鷹様の元へ連れて行って!)

御簾をはね除《の》け望月に駆け寄りたい衝動を必死に抑え、紅子は胸いっぱいに溢《あふ》れる幸福感を噛《か》み締めていた。

五条家ではこんな栄誉な話に是非もなく、謹んで紅子を内裏に上がらせることとなった。

望月が初めて五条の庵を訪れてから、今日この日参内するまでの半月余りは、めまぐるしく慌ただしく、紅子の記憶はほとんどない。

宮中から五条家にぞくぞく付け届けが運び込まれた。そのあまりの豪奢さに尼君始め従者たちは茫然《ぼうぜん》自失の有様だった。異国の調度品、色取り取りの衣服、山海の珍味、そして屛風《びょうぶ》や真新しい畳まで。屋根が傾きかけ、雨漏りがするような古家を住まいにしていた彼らにとって、奇跡でも起こったような心持ちだった。

屋敷で過ごす最後の日、尼君は紅子を抱きしめ嬉し涙をこぼした。

「これは仏様のお導きでしょう。手中の珠《たま》のように慈しんで育てたお前が、かくもありがたい栄誉を賜るとは、この婆《ばば》はもう想い残すことはありません」

「お婆さま、今まで大事に育ててくださってありがとう。紅子は必ず幸せになります」

降ってわいたような幸運を喜んでいる尼君に、紅子はずっと前から若鷹と心通わせていたことは黙っていた。あの幼い恋の日々は、二人だけの大事な秘密として胸に収めておこうと思った。

かくして、この日紅子は宮中から贈られた煌びやかな衣装に身を包み、立派な糸毛車に乗り、愛する男の待つ内裏へと向かったのだ。

「姫君、揺れがお辛くはありませんか？　少し牛の歩みを落としましょうか？」

牛車の外から、騎馬で付き添っていた望月が声をかけた。

大鷹帝の乳兄弟というこの望月は、帝の信頼も厚く、紅子の輿《こし》入れの采配を全て任されていた。

「いいえ、望月様、大丈夫です。私、牛に翼が生えていたらもっと早くに宮中にたどり着けるのにとさえ、思っているくらいです」

御簾の中から弾んだ声が返ってきて、望月は微笑ましそうにうなずく。

乳兄弟の彼は幼い頃より第二皇太子の侍従として仕え、寺に入る際にも一緒だった。いずれ若鷹が剃髪する時には、望月もまた共に出家をする覚悟でいた。

それがどのような天の采配か、若鷹は大鷹帝としてこの国に君臨することとなった。

主君の優れた才に内心感服し惜しんでいた望月にとっては、これは世の理《ことわり》として当然の成り行きであると思っていた。そして——腹心の部下である彼にだけは、紅子とのいきさつは全て打ち明けられていた。

まだ寺にいる時に、若鷹が紅子をどんなに愛おしく思いそれ故に苦しんでいたかを目の当りにしていた望月にとって、今日のこの晴れの日は待ちに待っていたことだった。

(それにしても姫君の美しさといったら、内裏のどんな女房も色が霞《かす》んでしまうくらいだ。山深い里に暮らしていたというのに、気品がありお美しく利発であられる。我が主上の目は確かなものであったのだ)

その姫に付き添って内裏に向かうお役目を果たすということで、望月の胸も誇らしさでいっぱいであった。

やがて牛車の御簾の外が、ざわざわと騒がしくなってきた。

(都に入ったのだわ——)

もの心ついてから一度も都へ上ったことのない紅子は、胸が高鳴る。

好奇心抑え難く、物見窓をわずかに引いて衵扇《あこめおうぎ》越しにそっと外に目をやった。

「わ——」

紅子は息を呑んだ。

広い大路には、左右にびっしりと家屋敷が建ち並び、大勢の町人や貴族の牛車が行き交っている。大路と小路が碁盤の目のように交わり、こんなに沢山の人を見たのは生まれて初めてだ。物売りの声、談笑する町人、追いかけっこをする童子たち、ごろごろ音を立てる荷車。草深い山の庵しか知らない紅子に取って、都は猥雑《わいざつ》で生命力に溢れていた。ゆけどもゆけども都の通りはどこまでも続いているようで、その広さにも驚愕する。

（お内裏ってどんなところだろう――聞いた話では、それは広くて見事な建物で、帝に御仕えするご立派な殿上人が沢山参内なさり、美しく賢い女房たちが大勢働いているって――）

ふいに緊張感が全身をぶるっと戦慄《おのの》かせた。

（私のような田舎者が、帝の妃《きさき》になるなんて――とても務まらないかもしれない）

今の今まで、恋しい人に嫁げるという喜びで頭がのぼせていて、彼がこの国を統べる第一人者になったということに考えが及ばなかったのだ。

（怖い――）

紅子が寄るべき者は内裏では大鷹帝ただ一人、その彼にだってもう三年も会っていない。その間に、彼は東宮になり、そして遂に帝の位に就いてしまった。

こうして約束どおり迎えに来てくれたからといって、彼が変貌していないとは言い切れない。紅子が愛するのは若鷹の面影であって、大鷹帝とは異なっているかもしれない。

次第に紅子の心は不安でいっぱいになった。もはや物珍しい都の風景すら、自分への重圧となってのしかかってくるようだった。

半刻後、ぎしりと音をたてて牛車が止まった。そして、望月の「開門！」と呼ばわる声がし、門扉が開く重々しい音が響く。再び牛車が動き出す。

（とうとう――内裏に到着したのね）

紅子の心臓が緊張でドキドキ激しく脈打つ。

「――姫君、鳳凰《ほうおう》殿の車寄せまで到着しました」

望月が声をかけ、牛が外され車の前が傾く。紅子は震える手で御簾を上げ、おそるおそる外を覗《のぞ》いた。

目の前は帝のおわす鳳凰殿だ。

檜皮葺《ひわだぶ》き屋根の廂《ひさし》が伸びた車寄せから長い磨き抜かれた渡殿《わたどの》が続き、朱塗りの太い柱に支えられたどっしりとした入母屋《いりもや》造りの建物に続いている。垣間見《かいまみ》えただけでもその豪奢さに圧倒され、紅子は息を呑む。

「姫君、お履物をどうぞ」

望月が前板に沓《くつ》を揃《そろ》えた。

紅子はごくりと生唾を飲み、方建《ほうだ》てに手を添えて車から降りようとした。

その時だ。

ぱっと正面の妻戸が開いた。

「紅子！」

凛とした張りのある声が響く。

はっとその場の者が皆凍り付く。紅子もどきんとして顔を上げる。

大きく左右に開いた扉から、束帯姿の若者が現れた。

すらりとした長身を君主のみが身につける桐竹《きりたけ》鳳凰の紋様を織り込んだ黄金の縫腋袍《ほうえきのほう》に包み、真っ白な表袴に同色の裾の長い下袴。艶やかな黒髪を結い上げ、垂纓《すいえい》の冠《かんむり》を被っている。知的な額、涼やかな目元、高い鼻梁《びりょう》に形のよい唇。ぞくりとするほどの美貌の青年だ。

それこそが、成長し大鷹帝となったかつての若鷹の姿だった。

望月も侍従たちも、思いもかけない帝直々の出迎えに慌ててその場に平伏する。

「……若鷹——大鷹様……？」

紅子も呆然としてその場に凍り付く。

「待ち焦がれていたぞ、紅子。私の紅子」

大鷹は滑るような足取りで車寄せに近づくと、沓も履かずに階《きざはし》を降りた。

そして紅子に両手を差し出した。

「大鷹様！」

紅子の中に抑え込んでいた感情が、一気に溢れ出した。

思わずその両腕の中に飛び込む。

「紅子！」

大鷹は彼女の身体をふわりと抱きとめる。

「ああ、大鷹様、お会いしたかった！」

懐かしい白檀の香の薫りを胸いっぱいに吸い込んだとたん、どっと嬉し涙がこぼれた。

大鷹は紅子を軽々と抱き上げると、望月に声をかける。

「姫君をこのまま夜御殿《よんのおとど》にお連れする」

望月を始めその場の者たちは、全員はっと平伏した。

彼はそのままくるりと踵《きびす》を返すと、開いた妻戸から鳳凰殿の中に姿を消した。

大鷹は昼の政事の間を抜け、奥の夜御殿の前に待機していた蔵人《くろうど》に、

「これから三日間の婚姻の儀を執り行なう。私が声をかけるまでは人払いを」

と言い置くと、蔵人が開いた妻戸から寝所に入った。

二間ほどの板敷きの部屋に、三方を豪奢な帳《とばり》に囲まれて繧繝縁《うんげんべり》の畳が二枚敷かれてある。四隅には昼間でも燈火《とうか》があかあかと点《とも》っている。

その畳の上に紅子をふわりと下ろすと、大鷹はほっとしたように深いため息をついた。

そして滑らかな両手で紅子の顔を包んで優しく上向かせた。

「ああ紅子、私の紅子。さあ、その懐かしい顔をじっくり見せておくれ」

紅子は潤んだ瞳で大鷹をじっと見上げた。

最後に別れた時から、彼はぐっと大人びてさらに美貌に磨きがかかっている。

あの頃はまだ透明な少年の声だったが、今は腹の底に響くような深い低い声だ。背丈もぐんと伸びていて、小柄な紅子より頭一つ高い。その上に帝としての威厳と気品が加わり、あまりの眩しさに思わず目を伏せてしまいそうになる。その視線を外さずに、大鷹はまじまじと紅子の顔を見つめる。

「なんて美しくなったんだろう――あの頃でも膨らんだ梅の蕾《つぼみ》のように初々しく可愛らしかったが、それが満開の桜のように﨟長《ろうた》けた姫になって――」

ほれぼれした声を出す大鷹に、紅子は頬を染めて小声で言う。

「本当に？　私、大鷹様にふさわしい？　こんな田舎娘、帝のあなたに不釣り合いではない？」

「なにを言うか。都でもあなたほど輝くように美しい姫は見たことがない。いや、俗世の穢《けが》れに触れていない分、眩しいくらいに無垢《むく》だ。この白い瓜実顔《うりざねがお》、黒目がちの瞳、長い睫毛、赤い唇。艶やかで見事に長い髪、なにもかもが愛らしい。私がずっと胸に抱いていたあなたの面影そのままだ」

愛しい人からの最上級の誉《ほ》め言葉に、胸がどくんどくん早鐘を打つ。

「東宮に就いてすぐにでも迎えに行きたかった。だがまず、宮中のしきたりや政事を学ぶのに精一杯で、なかなかそれがかなわず――ずっと心苦しかったよ。そうこうしているうちに帝が崩御なされ、今度は帝の地位に就くことになって――本当に待たせてしまった。すまないね」

今をときめく美貌の帝が自分に頭を下げる。

紅子は恐れ多くて慌てて彼の頬に手を添えて、顔を上げさせようとする。

「もったいのうございます、どうか帝――」

「そのような他人行儀な言葉遣いはやめてくれ、紅子」

大鷹は頬に当てられた紅子のほっそりした手を取ると、その甲に唇を押し当てた。

「あ……」

彼の唇が触れた部分が、かあっと熱く火が付いたように燃え上がる。

「紅子――」

大鷹は彼女の指先を口に含み、濡《ぬ》れた舌で擽《くすぐ》る。

「や……だめ……」

くすぐったさが妙にうずうずする。

彼の舌が指の間を舐り、青い血管が浮き出るほど白い手首まで這《は》う。

「あ……あぁ」

ぞくぞく全身が総毛立つ。こんな全身の血が逆巻くような感覚は、初めて味わう。

「懐かしい、あなたの甘いよい香りがする――」

大鷹は紅子をそのまま引き寄せ、ぎゅっと抱きしめる。

「今からあなたと婚姻の儀を交わしたい――よいか？」

彼の広い胸に抱かれ、心臓がばくばく破裂しそうなほど脈打つ。

（ああとうとう——夢に見ていた日がきたのだわ……）

愛しい男と心も身体も一つにして、契りを結ぶ日。夢にまで見た、この時。

「はい——大鷹様。紅子の全てを捧げます」

喜びと緊張に声が震えてしまう。

「紅子——」

しなやかな両手が頬をくるみ、唇がしっとりと塞がれた。

「ふ……んん……っ」

懐かしい大鷹の口づけの感触。おずおずと唇を開いて待ち受けると、彼の舌がするり口腔に忍び込んでくる。彼の舌が、歯列から歯茎、口蓋と感触を確かめるように探ってくる。

「ん……」

馴染《なじ》みある舌の味わいに、紅子の身体から一気に力が抜けていく。

舌が舌に絡み付き、何度も撫で回す。そのぬめる妖しい感覚に、身体が戦慄く。

「んんぅ……はぁ……っ」

全身の血が滾《たぎ》り、思わず大鷹の首に両手を回して縋《すが》り付いた。

「……ぅ……ん、んんっ」

きつく舌を吸い上げられ、甘い痺れが走る。ぞわぞわと背中が疼《うず》き、頭に血が昇る。たっぷり口腔を舐られ、息もできない。くちゅくちゅと舌を擦られると、頭がうっとり霞んで全身がふわふわしてくる。溢れた唾液が口の端から滴り、それを大鷹が素早く啜り上げる。

口腔内を舐りながら、大鷹の片手がそろそろと衽の中に滑り込んできた。

重ね越しにそっと胸元を弄《いじ》られ、びくんと腰が浮く。

「あ……っ」

生娘の本能的な恐れから身体が引けそうになると、大鷹は優しく啄《ついば》むような口づけを繰り返しながら、なだめるようにささやく。

「紅子、だいじょうぶ、怖くはない。私を信じて――」

「は、はい……」

耳朶の奥で心臓がばくばく言う。

「いい子だ」

大鷹はにこりと微笑むと、紅子の着物を一枚一枚丁寧に剝いでいく。

「あ……あ」

はらりはらりと竹の子の薄皮を剝《む》くように、色取り取りの衣が床に広がる。

最後の白下小袖姿だけになると、あまりの羞恥に全身が小刻みに震えてくる。

「あ、や……どうか灯《あか》りを消してください」

全てが露《あら》わになってしまう恥ずかしさに耐えきれず、紅子は男の手を押さえてか細い声で訴える。しかし大鷹は柔らかだが決然とした態度で小袖の紐《ひも》を解いていく。

「それはだめだ。あなたの全てを見たい――私がこの三年、どんなにあなたに恋いこがれていたか、わかるか？　紅子を私のものにすることだけを夢見て、帝の位にふさわしい人物になるべく必死で努力してきたのだよ」

「大鷹様……」

その真摯な言葉に嬉しくて涙が込み上げる。こんな自分のために、一国の帝が――。

紅子は両手をだらりと脇に垂らし、もはや抵抗はしなかった。

小袖が脱がされ、生まれたままの姿になる。素肌に外気がひりひり沁みるようだ。

緊張のあまり身体が強《こわ》ばり、紅子はぎゅっと目を閉じてしまう。

「――っ」

大鷹が息を呑む音がした。

揺れる燈火の光の中に、きちんと正座した紅子の全裸が浮かび上がる。

掌《てのひら》に乗りそうなほどの小作りな可憐《かれん》な顔。見事に長く伸びた艶やかな黒髪。子鹿のようにすんなりした首筋。華奢《きゃしゃ》な肩。くっきり浮かび上がる滑らかな鎖骨。

初々しい青さを残してはいるが充分育っているまろやかな乳房。真っ白な乳丘の上に、ぽつんと茱萸《ぐみ》の実のような赤い乳首が佇んでいる。蜂のようにきゅっとくびれた腹部。まだ育ちきらない硬さを残した腰。しかし白い太腿《ふともも》はむっちり肉が乗って柔らかそうだ。

そして、その太腿の狭間《はざま》に薄い和毛《にこげ》に覆われた秘密の部分――。

「美しい――生まれたての天女もかくやとばかりの美しさだ」

大鷹がうっとりした声を出す。

「や――あまり見ないで……」

目を閉じていても、全身にちくちく痛いほど大鷹の視線が突き刺さる。生まれて初めて異性になにもかも晒《さら》していると思うと、羞恥で頭が煮え立って目眩がしそうだ。なのになぜだか全身の血が熱く昂《たかぶ》り、興奮して心臓がどきどきいう。

「ここもこんなに育って、あのあどけなかった紅子が」

ふいに大鷹の大きな掌が、両方の乳房をやんわり包んだ。

「あっ――」

驚いて思わず目を見開いた。

大鷹はかまわず、やわやわと掬《すく》い上げるように乳房を揉《も》んでくる。

「だめ……そんな」

震えながら身を引こうとすると、大鷹はさらに強く揉みしだきながら優しく声をかける。

「大丈夫、じっとして。こうすると気持ち好《よ》くはないか?」

大鷹の指が乳輪に沿って丸くなぞり、そっと乳首を擦ってくる。

「あ? なに……?」

乳首の先にくすぐったいようなぞくりとするような疼きを感じ、ぴくんと身体が震えた。なぜだか乳首が芯を持ったように硬くなり、つんと尖《とが》ってくる。

「や……いや……」

自分の反応がはしたなく思え、頬を染めてかすかに首を振る。

「無垢なのに感じやすいのだね。とてもそそる――」

大鷹が顔を寄せ、熱い息を耳朶や耳孔《みみあな》に吹きかける。それにもぞくりと感じてしまい、なんだか身体が昂ってくる。

「紅子――」

腹の底に響くような色っぽい声で名前を呼ばれたかと思うと、彼の濡れた舌がねろりと耳朶の後ろから首筋を舐った。

「ひ――うぁ、あ?」

甘い疼きに腰がびくんと跳ねる。耳朶を甘噛みしながら、大鷹は円を描くように乳房を揉み、指の腹で乳首の側面をこりこりと擦ってくる。

「んぅ、あ、や……大鷹様……っ」

身体のどこか奥深いところが甘く痺れ、うずうずしてくる。紅子はどうしてよいかわからず、黒髪を振り乱して身体を引き攣《つ》らせた。

「気持ち好くなってきたか?」

首筋に舌を這わせながら、疼く乳首をきゅっと摘《つま》まれると、甘く焦《じ》れったいような疼きがどんどん増してくる。

「や……わからない……あ、ぁあ……」

頬を染めて声を震わせる。息が乱れ、知らず知らず腰がもじもじ蠢《うごめ》いてしまう。

「そんな甘い声を出して――それが感じているということだよ」

大鷹は乳首を爪弾いたりこじったりを執拗《しつよう》に繰り返す。

「は……だめ……あぁ、はぁ……」

身体の奥の甘い疼きは、今やはっきりと快感となり、あらぬところがきゅっと蠢くのがわかった。自分でも恥ずかしいほど淫らな声が漏れ、思わず大鷹の袖にしがみつく。

「も……しないで……なんだか……ふわふわして……私……」

「いいんだ、紅子、もっと好くしてあげる」

ふいに大鷹の玲瓏な顔が乳房の狭間に押し付けられた。

「ひ……あぁ、あっ?」

赤く凝《しこ》った乳首が男の口腔に吸い込まれた。熱い舌が乳首をくりくりと弄ぶ。

「やぁっ、そんなとこ……舐《な》めちゃ……んぅっ……」

じんじんと鋭い疼きが乳首から全身を駆け巡る。大鷹は両方の乳首を交互に咥《くわ》え込み、上へ押し上げたりころころ転がしたり縦横無尽に弄ぶ。

「はぁ、ぁ、や……あぁ、んん、んぅ……っ」

無意識に擦り合わせていた太腿の狭間の秘裂が、きゅうっと切なく疼く。胸を弄られているのに、なぜそんなはしたない部分までもがじんじん感じてくるのか、皆目わからない。ただ、感じてしまい淫らな声を上げるのが恥ずかしく、首をぶるぶる振りながら、必死で唇を噛み締めようとする。

「可愛い紅子。恥ずかしがらないでよい。寝所では私と二人きりだ。素直に声をお出し」

大鷹は艶っぽい声でささやき、柔らかな胸の膨らみに顔を押し付け、ちゅっちゅっと音を立てて乳首を吸い上げる。

「ふぁ、あ、だめ……そんなに、吸っちゃ……いやぁ、はぁっ」

尿意にも似た切ない疼きが下腹部に集まり、腰がぶるぶると震える。あらぬ部分がなにかぬるぬる湿ってくる気がした。紅子はそれが粗相の前兆だと思い、羞恥で全身をほんのり染めて大鷹に訴える。

「あ……も、やめて……ください……大鷹様、私……あの、なんだか……」

「どうしたの？」

大鷹が乳房の間から熱っぽい目で見上げる。その視線にすら心地好く感じてしまいそうになるが、顔を背けて消え入りそうな声で答えた。

「そ……粗相して……私ったら……こんなはしたない……」

赤面した顔を両手で覆って恥じらう紅子に、大鷹は優しい声で言う。

「濡れてしまった？」

答えることもできずこくりとうなずいて恥じらう紅子を、大鷹は愛おしげに見つめる。

「初心《うぶ》な紅子――それは粗相ではない。あなたが私の愛撫《あいぶ》をとても心地好く思っている証《あかし》だよ」

「あ、証？」

両手をそっと開いておずおず相手の顔を窺う。

大鷹はうなずいて、片手で乳首を弄りながらもう片方の手を紅子の下腹部へ滑らせた。崩れてしまった膝の間に、手が潜り込んでくる。

「あっ、きゃ、やっ……」

膝を割られ、あられもない場所が晒された。

「いやぁ、見ないで――見ないでぇ」

自分ですら見たこともない禁忌な場所に、大鷹の視線が釘付《くぎづ》けになっている。思わず膝を閉じ合わせようとすると、大鷹が両手でさらに割り開いた。

「ああっ、恥ずかしいっ……いやぁ……」

紅子は顔を背けて目をぎゅっと閉じた。

「なんと神秘な――名前の通り紅色で濡れてきらきらと光って――」

大鷹が感嘆したような声を上げる。

「いやいや、見ないで、あぁ、言わないで……っ」

恥ずかしさで気を失いそうなのに、大鷹が凝視している箇所はかあっと火が付いたように熱くなり、なにかとろりと溢れてくる感じまでする。これが粗相でないのなら、なんなのだろう。

「あなたのこの美しい箇所を見ることができるのも、触れることができるのも、生涯私だけだ」

感に堪えた声を出したかと思うと、長い指先が慎ましやかに閉じた花唇にそろりと触れた。

「あっ？　あぁっ」

思いもかけない甘い愉悦に、腰がびくんと大きく跳ねた。

「もうこんなに濡らして——」

大鷹の指先がぬるぬると陰唇を上下に擦る。

「は、あぁ、や……だめ、そんなこと……っ」

じっとり濡れそぼっていた秘裂が、痛いほど疼いてひくひくと蠢く。羞恥と不安で心臓が破裂しそうなのに、男の指が浅瀬をくちゅくちゅ掻《か》き回すたびに心地好さが増してくる。

「どんどん蜜が溢れてくるぞ——」

耳元でいやらしい言葉をささやかれ、いやいやと首を振るが甘い鼻声が止められない。

「うぅん、あ、あぁ、はぁ……っ、だめ、指で……そんな……」

疼く蜜口が嬉しそうに大鷹の指を呑み込み、淫蕩《いんとう》に腰が揺れてしまう。

「あ、また……溢れ……恥ずかしい……大鷹様、恥ずかしい……っ」

男の指が自分の吐き出す淫蜜でぐっしょり濡れそぼつのがわかり、恥ずかしさと申し訳なさで頭がぼうっとしてくる。

「恥ずかしくはない——お前の身体が、私を受け入れようとしているのだから」

「濡れて、も、いいの……？　き、気持ち好くなっても？」

小さく喘《あえ》ぎながら潤んだ瞳で見上げる紅子の表情は、あどけない美貌に淫猥さが加わりぞくりとするほど妖艶だ。

「そうだ——もっと好くしてやろう」

大鷹の指が薄い和毛に覆われたどこか上の辺りを弄る。そこに佇む突起をぬるっと擦られると、びりびりとした鋭い痺れが全身を駆け巡り、びくんと腰が浮いた。

「ひっっ？　や、なに？　あ、あああっ」

全身から生汗がぶわっと噴き出した。

大鷹の指がその突起を抉《こ》じるように弄り、被っていた皮を捲《めく》り上げ直《じか》に擦ってきた。

「やぁっ、そこっ……だめ、あぁ、ひあぁっ……っ」

熱い。痺れる。

痛いのか気持ち好いのかもわからない、激しい刺激。

紅子は背中を仰《の》け反らせて硬直する。

「可愛い花芽がこんなに膨れて、紅子——」

大鷹は強ばった紅子の背中を抱え、さらに充血しきった秘豆を爪弾く。

「はぁっ、あ、そこ、くりくりしちゃ……っ、あぁ、あぁあっ」

愉悦がどんどん昂《たかま》るにつれ、喉が詰まり呼吸が巧《うま》くできない。

「一度達《い》くがいい。その方が、楽になる」

大鷹は執拗に秘玉を弄る。ぐちゅぐちゅと恥ずかしいほど愛蜜が弾《はじ》ける。

「ひぁ、あ、達……く？　なに？……ぁあ、あ、も……」

脳裏で喜悦が膨れ上がり、ぎゅっと閉じた瞼の裏でちかちか光が点滅する。

激しい快感に隘路《あいろ》がきゅうきゅう疼き、なにかを締めつけたいと切望する。そして、熱く未知な感覚がどんどんせり上がってくる。気持ち好くてでも身体から魂が抜けていきそうで、恐ろしい。

「やぁ、お願……い、も、そこ、弄らないで、だめ、だめなのぉ……っ」

耐えきれない媚悦《びえつ》に追いつめられ、がくがくと腰が痙攣《けいれん》した。

「可愛い紅子——気持ち好すぎて耐えきれない時は、そう告げるのだ」

大鷹は耐えきれず逃げようとする女の腰を引き寄せ、膨れた陰唇を擦りながら秘玉を押しつぶすように揉み解《ほぐ》す。

「はぁ、あ、も……だめなの、変に……私、変に……どうしたら……」

「限界がきたら、達く、と告げるんだ」

「達……く……そう、言えば、ゆ、許してくれるの？」

紅子は霞んだ目で大鷹の端整な顔を見つめ、はあはあと息を乱す。

「さて、どうかな」

大鷹は楽しそうな声を出し、秘玉を弄る指はそのままにふいに他の指を揃えてひくつく蜜口に、ずぶりと押し入れた。

「あーっ、あぁぁっ?」

切なく収縮を繰り返していた隘路を一気に満たされ、あまりの愉悦に紅子はぶるぶる全身を震わせた。実際には男の指は、第二関節辺りまでしか挿入されていなかったが、無垢な彼女は、身の内が目一杯満たされたような錯覚に陥った。

「だめぇ、もうだめぇ、しないで、あぁぁ、そんな……っ」

身体に異物を受け入れる衝撃と、それを上回る快感に紅子は甲高い嬌声《きょうせい》を上げた。大鷹の指はそのままちゃぷちゃぷと淫猥に蜜を泡立たせ、抜き差しを繰り返す。

「……んぅ、は、はぁ、やぁ、だめ、あぁ、あぁぁっ」

怖い、怖い、どこか高いところにぐんぐん押し上げられる。なのに愉悦も同じように膨れ上がる。自分の股間から響く卑猥な水音に、耳を塞ぎたい。なのに震えながら喘ぐだけしかできない。

「ひぁ、あ、だめ、そんなにしちゃ、あぁ、だめなのぉ……」

腫れ上がった秘玉を抉じられ、隘路を押し広げるように指が擦り上げると、喜悦が恐怖を凌《りょう》駕《が》し、頭が真っ白に染まっていく。

「く……はぁ、あ、も……だめ、本当に……だめっ、あ……っ」

全身ががくがくと痙攣し、息が止まりそうになる。

「やぁ、も、達……く、達くのぉ、だから、もう、許し……はぁっっっっ」

ひくりと喉が鳴り、脳裏で閃光《せんこう》が瞬いた。

全身がぴーんと硬直し、その後どっと弛緩《しかん》する。

「……は、はぁ、あぁ、はぁあ……」

呼吸ができるようになり、全身から汗が噴き出し、ぐったり大鷹に身体をもたせかける。

「初めて達したか？　感じやすい、覚えの好い身体だな」

まだ指で浅瀬をくちゅくちゅ掻き回しながら、大鷹が優しく抱きしめてくる。

「……んぅ、あ……ぁ、指……まだ……」

快感の波が引いていっても、まだ彼の指が挿入《はい》ったままだ。

「もっと拡《ひろ》げておかないとな——苦痛が少しでも楽になれば」

「え？　苦痛？」

初心な紅子は、まだこれ以上なにかあるのか、と思う。

その時、紅子は輿入れの前夜に尼君から言い含められた言葉を思い出した。

『いいですか、紅子。新枕の際は、帝の言う通りにするのですよ。どんなことも耐えて、おつ

とめを果たすのですよ』

尼君はそれ以上の閨《ねや》の作法を教えてはくれなかった。

だから紅子は睦《むつ》み合うということがまったく想像できていなかったのだ。

ふいに浅瀬の指がぐぐっと奥へ押し入ってきた。

「きゃ……っ、ぁ、や、怖い……っ」

軋《きし》むような鈍い痛みに、紅子は思わず悲鳴を上げる。まさかそんな奥まで指が挿入できるとも思っていなかったので、恐怖が先立った。

「怖いのか？　ここは？」

すっと指が戻り、浅瀬をゆっくり掻き回す。

「んぁ、あ、ぁ……怖く、ない、です……」

再び快感が湧き上がり、とろりと蜜が溢れるのを感じる。

「いい子だ――可愛い紅子――本当に可愛い」

指を蠢かしながら、大鷹がくるおしげな声を出す。

そんな声でささやかれると、胸がきゅんとわし摑《づか》みされたように甘く疼く。

「う、嬉しい……」

「私の紅子――」

耳朶を優しく甘嚙みされ、徐々に指がまた奥へ押し入ってくる。

「ん……ぁ、あぁ……」

今度は軋まない。それどころが媚襞《びひだ》がきゅっと男の指を締めつけて、引き込もうとすらする。

身体がどんどん解れていく。

「痛いか？」

「ぁあ、いえ……今度は、気持ち、好いです……」

素直に首を振る紅子に、大鷹の顔が切なそうに歪《ゆが》む。

「紅子、私と一つになってくれるか？」

「はい」

もとよりそれが紅子の望みだ。

「指ではない、私自身を受け入れてくれ」

「はい――」

ぬるりと指が引き抜かれた。その抜け出る感覚にも、怖気《おぞけ》が走る。

大鷹は紅子の華奢な肩を抱き、そっと袿を拡げた畳の上に押し倒した。

それから自身の小袖の腰紐をするりと解く。

「あ――」

目の端に、大鷹の引き締まった裸体が入ってくる。細身だが筋肉が発達し鍛え上げられた美しい肉体だ。

「紅子」

彼の身体がゆっくりのしかかってくる。熱い男の肌の感触に、心臓の鼓動がどきどき速まる。生まれて初めて触れる、硬くて張りのある男性の肉体。

「私の紅子」

滑らかな男の膝が紅子の膝に割り入り、両脚を押し広げる。

「大鷹様……」

緊張しながらも、じっと大鷹を見上げる。少し上気した華やかな美貌。逞《たくま》しい肩。広い胸板。腹筋が綺麗に浮いた腹部。そして——。

最後に視線が男の股間にいく。

「きゃ……っ」

紅子は鋭く息を呑んだ。

そこには、禍々《まがまが》しいほどの長大な肉刀が反り返っていた。赤く硬く張りつめ、脈打つ血管が浮き、玲瓏な大鷹からは想像もつかない凶器のような迫力。生まれて初めて目にする男の欲望。もしかしてあれが自分に挿入ってくるのか。指とは比べ物にならないくらい太いあれが——。

「あ、だめ……っ」

本能的な恐怖で腰が引けそうになる。

「だめではない。紅子」

「だめ、無理……あんなにすごいもの……無理」

幼子のようにいやいやと首を振る紅子に、大鷹が縋るような眼差しを向ける。

「可愛い私の紅子、もう待てない——」

蜜口にみしりと熱い亀頭が押し当てられる。その硬く太い感触にびくんと身体が引き攣る。

怖い、でも大鷹はこれを待っていてくれた。

あんな切ない顔と声で懇願されて、拒むことなどできるわけがない。

「……大鷹様、どうか——紅子の中に——私を、奪って——」

紅子はか細い声で言うと、ぎゅっと大鷹の身体にしがみつく。

「紅子——」

張り出した先端が、ぐぐっと入り口を押し拡げる。

「あっ、あぁっ……」

膨れた肉茎が、みしみしと処女襞を押し拡げていく。引き攣るような痛みに、紅子はぐっと唇を噛み締めて耐える。

「紅子——紅子、そんなに固くならないで——力を抜いて」

途中でつかえてしまったように大鷹は動きを止め、小刻みに震えている紅子の顔を見下ろす。

「つ——痛……っ、痛い……」

小さく呻《うめ》くと、大鷹はふいに顔を彼女の乳房に埋《うず》め、まだひりつく乳首をちゅっと吸った。

「は……あっ……」

つきんとした甘い疼きが下腹部へ走り、強ばっていた隘路がざわっと反応する。

「紅子、私の紅子——」

大鷹が何度もささやきながら乳首を交互に吸い上げる。ひくひくと柔襞《やわひだ》が蠢く。

新たな蜜がとろりと溢れてくる。

「大鷹さ……ま」

紅子が息を吐いたとたん、大鷹が一気に腰を沈めた。

ずくんと、なにかを突き破るような感じがした。そのまま太茎が進んでくる。

きりきり引き裂かれるような痛みが身体の中心を走った。

「ひ、ああっ、あ」

紅子は激痛に仰け反る。

ずずっと濡れ襞を掻き分けるようにして、灼熱《しゃくねつ》の欲望が最奥へ突き進む。

「うあぁ、あ、あぁ……っ」

もうそれ以上は無理だというくらい奥まで肉棒が貫く。

「——あぁ、これがあなたの中か。夢にまで見たあなたの——」

大鷹が動きを止め、深いため息を漏らす。

「これであなたは私のものになった。そして、私もあなたのものに——」

「大鷹様……」

紅子は目尻に涙を溜《た》めて男を見上げる。

脈動が目一杯自分の中に収まっているのが、信じられない。とても受け入れられないと思ったのに、とうとう全てが挿入ってしまった。彼に処女を捧げた悦《よろこ》びが、胸の底からじわじわと湧き上がってくる。

しばらく二人は一つに繋《つな》がったまま、じっと感慨にひたった。

「――苦しいか?」

大鷹が心配そうな目をする。紅子は首を振る。

つんと引き攣る感じはあるが、もはや最初の苦痛は消え、ただ大鷹の灼熱にあおられるように全身が昂っている。

「嬉しい――やっと大鷹様の妻に……」

込み上げてくる熱い涙で声が掠れる。

「紅子――私の可愛い妻」

大鷹がそっと唇を覆ってくる。

「んぅ……んんっ」

その唇を貪るように受け入れる。

口づけを繰り返しながら、大鷹がゆっくりと腰を引いた。息を呑むような喪失感に、思わず声が出てしまう。

「はぁ、あっ……」

膣襞《ちつひだ》を巻き込むように肉茎が先端まで引き抜かれ、また深々と差し貫かれる。

「あっ、あぁ、あっ……」

ずんと最奥をこじ開けるように硬い屹立《きつりつ》が突いてくると、痛みは痺れに変わり目の前が霞んでくる。

「紅子――私の紅子」

じっくり何度も媚壁を擦り上げられると、次第に隘路が熱く燃え上がり甘い疼きが湧き上がる。

「あ、あっ、あぁ……はぁっ……」

硬い亀頭が疼く柔襞を何度も擦り上げると、不思議な愉悦がじわじわ膨れ上がってくる。

「……んぅ、は、はぁっ……あぁ」

濡れ襞を抜き差しされるたびに背中がぞくぞくするような快感が走り、淫らな声が漏れてしまう。

「きつい――お前の中はなんと気持ち好い」

次第に大鷹の腰の抽送が激しくなってきた。

ずんずんと最奥まで突《つ》かれると、子宮から脳芯まで喜悦が貫き頭が真っ白になる。

「あ、ぁあ、大鷹、様……ぁあぅ」

ぐらぐら揺さぶられて、紅子は両手を男の引き締まった背中に回し必死でしがみつく。そうしないと、大鷹の情熱的な動きにどこかに飛ばされてしまいそうな錯覚に陥る。

「は、あぁ、あ……あぁっ」

ぷちゅぷちゅと愛蜜が淫猥な音を立てるほど腰を穿《うが》たれ、どんどん気持ち好くなってしまう。意図せず媚肉がひくりと蠢き、男の肉胴をさらに奥に引き込むように絡み付く。

「――紅子、紅子」

大鷹は愛おしげに何度も名前を呼びながら、律動を速めていく。

「くぅ……あぁ、あ、そんなに……あぁ、激しく……はぁっ」

硬く膨れ上がった亀頭が濡れ襞を掻き出すように引き摺《ず》り出され、素早く最奥に突き上げる。腰を打ち付けられるたびに、紅子の淫襞がうねうねと肉茎に吸い付きもっと欲しいとばかりに引き絞る。

「あ、だめ……も、壊れて……ひぁ、あぁ……」

直線的な抽送を繰り返していた大鷹が、ふいにぐりっと腰を押し回すように突き上げてきた。

「ひ、あぁ、あぁ？　だめ、そこ、あぁ、だめぇ……っ」

笠の張った太い先端が、膣壁のどこかひどく感じやすい部分をずずんと突き回した。四肢が蕩けそうなほど感じてしまい、紅子の腰がびくびくと引き攣った。

「ここか？　紅子の好いところは、ここか？」

彼女の顕著な反応に、大鷹は嬉しそうにその部分を責め立ててくる。

「ひぅう、あ、も、だめ、だめです……そこ、突いちゃ……あぁ、なんだか……」

長い黒髪をぱさぱさと振り乱し、のたうつように身悶《みもだ》える。いつの間にか両手がほどけてしまい、白い拳を口元にきつく押し当て歯を立て、嬌声を押し殺そうとしていた。そうでもしないとあられもない声を上げ続け、気を失ってしまいそうだった。

「可愛い――淫らに泣くあなたは、なんて可愛い――もっと泣かせたくなる」

大鷹は白い額に珠のような汗を浮かべ、眼下に揺れている白い乳房を両手で掴んだ。柔らかな膨らみがくたくたに捏《こ》ねくり回され、赤く尖った乳首が口腔に咥え込まれる。

「んあぁ、あ、だめぇ……っ、そこも、だめぇ……っ」

腫れた乳首からじんじんとした愉悦が下腹部に走り、全身が甘く痺れていく。乳首を舐められながら感じきった媚肉が突き上げられると、きゅうっと収斂《しゅうれん》し男の昂りを咥え込む。

「……はぁ、あ、あぁ、んぁう、あぁっ」

貫かれるたびに自然と腰がいきみ、引き摺り出されるとふわりと媚襞がゆるみそのとたんじゅわっと大量の蜜が吐き出される。それは散らした処女の証に、薄紅《あか》く染まっている。二人の結合部から太腿の辺りまで、ぐっしょりと粘つく淫水で濡れそぼつ。

「……あぁ、はあ、も、だめ……ぇ、だめよぉ……」

喜悦で頭が朦朧《もうろう》としてくる。

大鷹も追いつめられてきたのか、荒い息を継ぎながら一心不乱に腰を打ち付けてくる。

ずぐずぐと粘膜のぶつかる卑猥な音と、はあはあと獣のような息づかいだけが寝所に響き渡る。

「んぅ、あ、はぁ、あ、なに……か、ぁ、怖い……大鷹様……私、どこかへ、飛んでしまいそう……」

子宮の奥から未知の熱い大波がせり上がってくるのを感じる。それが自分の意識の全てをさらいそうで、紅子は必死で大鷹に縋り付く。

「紅子、紅子、大丈夫だ。私と一緒に――」

大鷹は彼女の細腰を抱えると、がくがくと腰を打ち付けた。

「ひぁ、あ、も……あ……達っ……ちゃう……っ」

熱い波がぐんぐん押し寄せ、瞼の裏に火花が散った。

「だめ、だめぇ、あぁ、だめぇ……っ」

紅子は悲鳴を上げて仰け反り、びくんびくんと腰を戦慄かせる。全身がぴーんと硬直した。

「――っ、紅――子」

きゅうきゅうと収縮を繰り返す濡れ襞の狭間で、大鷹の欲望が大きく弾けた。

「は……あぁ、あぁあっ、あぁっ……」

最奥で大鷹の怒張がびくびくと脈動する。次の瞬間、熱く大量の白濁が吹き上がる。

「あっ、あぁ、あっ……熱い……っ」

大鷹は低く呻いて、さらに小刻みに腰を繰り出し、最後の一滴まで紅子の中へ注ぎ込む。

「はぁ……はっ……はぁっ……」

お腹《なか》の奥でじんわりと熱い欲望が拡がっていく。

「——は——紅子」

ふいにがくりと大鷹の身体が倒れ込んできた。

一瞬で弛緩した紅子は、短く息を継ぎながら男の重みを愛おしく思う。

「……大鷹様」

二人はしっとり汗ばんだ身体をぴったり密着させ、絶頂の余韻を嚙み締める。

愛おしげに顔の側の男の頭を撫でると、彼がゆっくり顔を上げる。

二人はじっと見つめ合う。互いの濡れた瞳の中に、上気した幸せそうな顔が映っている。

「——紅子、ありがとう」

大鷹がしっとりと唇を覆ってくる。

「ん……ぁ、大鷹……さま……」

とうとう身も心も恋しいひとに捧げることができた。

まだ自分の中に大鷹のものが収まって、一つに繋がっているこの瞬間が、幸せで愛おしくて嬉し涙が溢れてくる。

「大鷹様、私、幸せすぎて……怖いくらい……」

啄むような口づけの合間に、紅子はつぶやく。

すると大鷹はきっと表情を引き締め、真摯な眼差しで凝視《みつ》めてくる。

「なにを言う。これからもっともっとあなたを幸せにしてあげる。この先死ぬまで、私の妻はあなた一人だ。愛らしい、愛らしい私の紅子——」

そう言うや否や、今度はくるおしいほどの激しさで唇を貪ってくる。

「ふぅ……んんっ、んぅ……っ」

息が止まるほどの口づけに、紅子は自分からも舌を絡めて応える。

互いの口腔を味わい尽くしていると、紅子の身体の奥から愉悦の残り火のようなものが徐々に熱く燃え上がってくるような気がする。

それは大鷹も同じ気持ちだったようで、紅子の中で一旦は萎えていた肉棒がじわじわと硬さを増してきた。


結婚の儀式である三日夜の儀は、始まったばかりだった。

夫婦の契りを交わすためには、男は三日続けて女性と同衾《どうきん》せねばならないのだ。

無論二人が愛を交わすのに否もあるはずはなく、それどころかやっと結ばれた大鷹は寝所にこもったきりで、朝となく夜となく紅子の身体を求めた。

紅子の身体はみるみる開花し、愛される悦びを深めていったのだ。

無事に三日夜の儀を終え、大鷹と紅子は晴れて夫婦となった――。

第二章　乱れそめにし

紅子は大鷹の妻として、帝の鳳凰殿から渡殿を渡ればすぐの朱雀《すざく》殿を住まいとして与えられた。当面は更衣として扱われることとなった。

帝の妻にも位があった。

父親が大臣の位にある娘なら、皇后として取り立てられる。しかし五条の父の地位は、大臣職より格下の大納言止まりであった。

「すぐにでもあなたを皇后にしたいのだが、周囲の廷臣たちとの兼ね合いもある。いずれは五条の父上の位を上げ、お前を正式な皇后として迎えよう」

大鷹の言葉に紅子は素直にうなずいた。

複雑な政事はよくわからなかったが、一国の長《おさ》となった大鷹には自分の意志だけで動くことは難しいのだと思った。

朱雀殿では数多《あまた》の女房が紅子に仕えることになった。

彼女たちは皆それなりの家柄も教養も美貌も兼ね備えた選《え》りすぐりの女人たちばかりで、気位も相当なものだった。

身分の低い田舎者の小娘が、帝の妻として入内《じゅだい》したことに内心良く思わない者もいた。

「今日よりこの朱雀殿でお世話になります。まだまだ内裏のことはわからないことばかりなので、どうかよろしくお願いします」

帝の寵愛《ちょうあい》をひけらかさずそう丁寧に頭を下げた紅子の、その素直な初々しさに下級女官たちは皆好感を持ったが、身分の高い家の出の女官たちの中にはあからさまに顔を背ける輩《やから》もいた。

紅子の身の回りの世話係は、同い年くらいがよかろうとの大鷹のはからいで、山吹《やまぶき》というまだあどけなさの残る女官が付くことになった。彼女は下級貴族の娘で、一つ違いの紅子が帝の妻に選ばれたことに誇りとあこがれを持っていた。

「私、一命に代えましても紅子様にお尽くしいたします」

頬を真っ赤に染めて気負って挨拶する山吹に、紅子はとても好ましく親近感を持った。

それでなくとも右も左もわからない内裏で、気位の高い女官たちに囲まれる生活に不安を感じていたので、山吹のまっすぐで誠実な態度に救われる思いだった。

もう一人、年配の柊命婦《ひいらぎのみょうぶ》という女房が紅子の補佐役として付いた。彼女はふっくらとした穏やかな優しい女性で、内裏のしきたりなどを懇切丁寧に紅子に教えてくれた。早くに実母を亡くした紅子にとって、まるで母親のように頼れる存在であった。

（いろいろ不安ばかりだけれど、大鷹様のお心だけを信じて共に生きていこう）

紅子は決意も新たにするのだった。

「この度は、五条の娘殿を更衣に入内なされたとか――おめでとうございます」

鳳凰殿の昼御座《ひるのおまし》には、関白藤花貴家《ふじはなのたかいえ》が挨拶に訪れていた。

高価な錦織りの舶来の袍《うわぎ》に身を包んだ彼は、脂ぎった男盛りで、意志の強そうながっしりした顎と鋭い目つきの持ち主だ。

「なんだ、もうそなたの耳に入っているのか。さすがに耳ざといな」

畳に座した大鷹は、対面の貴家に苦笑する。

貴家はちらりと帝の顔を窺うような目つきをしたが、にこやかに言う。

「主上におかれましては、なかなか女人に興味をお持ちにならなかったので、この貴家、少なからずご心配申しておりましたが。これで胸を撫で下ろしました――つきましては」

貴家は居ずまいを正して頭を下げる。

「前々からお願いしておりますように、ぜひ、我が娘光子《みつこ》を入内させていただきたく。我が娘ながら、ひいき目なくしても、都一の美貌と教養を兼ね備えており、主上にあらせられましては、必ずやお心に沿うものと確信しております」

大鷹はしばらく黙って貴家を見つめていたが、おもむろに口を開く。

「光子殿の評判は、この内裏にまで聞こえている。それは優れた素晴らしい女人だと」

「では――」

貴家がぱっと期待に満ちた顔を上げた。大鷹は首を振って穏やかに続ける。

「だが私は、今は若輩の帝として学ぶことが多すぎる。とても光子殿ほどのお方のお相手をできる余裕が、ないのだ。すまぬな、貴家、わかってくれ」

「――いえ、めっそうもございません」

貴家は慌てて平伏する。やんわりとだが、体よく申し出を断られてしまった。板敷きに額を擦りつけた彼の表情は、苦々しく歪んでいた。


宮中にほど近い六宮路の角には、今をときめく関白藤花貴家の屋敷がある。内裏に負けずと劣らず広大で豪奢な屋敷は、一昨年建てたばかりだ。

貴家は、先帝に太政《だじょう》大臣として仕え、東宮の正妻に自分の一の姫を嫁がせていた。そのため病弱な先帝に代わり、政事を全面的に代行する摂政の地位に就き、権力を恣《ほしいまま》にしてきたのだ。しかし先帝と東宮が没してしまい、新たに帝になった大鷹は、宮中を我が物顔で仕切る貴家のことを疎ましく思っている態度をあからさまにしている。

今まだ大鷹帝が若輩ということで、貴家は補佐役で大臣の最高位である関白に就くことができたが、いつその地位を剝奪されるかわかったものではなかった。そのため貴家は自分の三の姫である光子を内裏に上げ、帝に輿入れさせようと画策していた。光子が正妻になれば、外戚である藤花家の地位は安泰である。

しかし大鷹帝はまったく食指を動かさなかったのだ。

光子は御年十六歳。五人いる娘の中でも、飛び抜けて美しく教養も深い。

何度もそれとなく光子を大鷹帝に引き合わせたのに、入内すら許されず妻に娶《めと》ろうとしない。自慢の娘の輝くばかりの美貌に自信満々だった貴家は、あてが外れて狼狽《うろた》えた。

そうこうしているうちに突然、大鷹帝が田舎に引き籠もっていたという五条の娘を、更衣として入内させたのだ。その溺愛ぶりは宮中でも評判で、他には側室も取らず毎晩のように五条の娘を寝所にはべらせているというのだ。

「なんとしたことだ！　五条ごとき格下の小娘に足を掬われるとは――このままその娘が懐妊でもしようものなら、皇后の地位に就いてしまうやもしれん！」

貴家は自室で脇息《きょうそく》にもたれ、いらいらと膝を揺すっていた。

「叔父上、そうそうかりかりなさりますな。せっかく手に入れた名酒がまずくなりまする」

貴家と向かい合って杯を傾けていた、甥《おい》の藤花路綱《みちつな》が苦笑する。まだ年若い彼は、すでにでっぷりと恰幅《かっぷく》がよく、顔つきは叔父似でいかめしい。

「そうは言うが、我が藤花家の盛衰がかかっているのだぞ」

貴家は、悠然と黒漆台の酒肴《しゅこう》を突いている甥を睨みつける。

路綱はひじきの煮物を頬張りながら、にやりとする。

「幸い私は後宮を司る中務《なかつかさ》省に勤めております。後宮には、私の息がかかっている女房を多数配置させてあります。聞くところによると、その五条の姫君はまだあどけなく控え目なたちらしい。耐えきれず田舎に下がってしまうくらい、存分にいたぶってやりますよ」

まだ年若いが目端の利く甥を、貴家は頼もしげに見やった。

「おお、その姫のことは、お前に任せよう」

路綱はふいに膝を進め、貴家に赤らんだ顔を近づけた。

「近々、帝にこの屋敷への行幸をお勧めなさい。前庭のしつらえを新しくしたので、そのお祝いということで、お招きするのです。その際に、光子をなんとか帝の寝所へはべらせてしまうのです。枕を交わせば、いくら帝といえどまだお若い。光子に肩入れすることは請け合いです。その時に、なにかしら忌み事を作り上げて、帝をこの屋敷に足止めしてしまうのです。三日、光子と茵《しとね》を共にしてしまえば、もはや夫婦。光子を女御として入内させることに、文句はありますまい」

聞いているうちに貴家の目がぎらぎらと光ってくる。

「なるほどなるほど。お前は策士じゃのう。ずる賢いこと狐《きつね》のごとしと言われた私より、さらに賢《さか》しいではないか」

路綱は低く笑う。

「叔父上には男子がおりませんな。いずれ私に、五の姫をいただけますかな?」

貴家も同じように薄く笑った。

「よかろう。お前は私の後継者にふさわしい」

すっかり気をよくした貴家は、自分の杯を取り上げて一気にあおった。


うららかな初春。

鳳凰殿の縁側の手すりの側に、満開の紅梅の枝をぎっしり挿した青磁の大瓶が据えられた。

そのよい香りが向かいの渡殿から、紅子のいる朱雀殿まで流れてきた。

「まあ、梅の花のよい香りが」

髪を梳《す》いてもらっていた紅子は、思わず顔を上げる。側に仕えていた山吹が、

「帝のおわす鳳凰殿の方からですわね。ちょっと見て参りましょう」

と、几帳《きちょう》をよけて出ていった。

それを見計らったように、もう一人の髪梳き係の女房が紅子にささやく。

「紅子様、お向かいの渡殿なら、こちらから覗くことができるかもしれませんよ」

「え? 本当に? 見てみたいわ」

入内して二ヶ月、まだ出歩くことも少なかった紅子は嬉しそうに頬を染めた。

その女房に手を取られ、鳳凰殿に続く渡殿に面した部屋の御簾の前まで導かれた。先に来ていた山吹が、はっと振り返る。

「ああほら、そこに見えるようですよ」

女房の言葉に、紅子が御簾越しに目を凝らそうとした時だ。

「まあ、帝のご側室であられる方が、あんな端近にお寄りになるなんて」

いつの間にか、その部屋にお付きの女房たちが集まっていた。

「高貴なご身分の女人が、殿のすぐ側までお出ましになるなんてあり得ませんわ」

「ああでも、高貴なご身分であられない方なら、かまわないのではないでしょうかね」

くすくすとあちこちから失笑が漏れる。

紅子はなにを言われているのかわけがわからず、ただ狼狽える。

「紅子様！」

慌てたように柊命婦が進み出てきた。

いつもはおっとりした彼女が、咳《せ》き込むように言う。

「いけません。姫様のようなお方は、こんな端近に出てはなりませんよ。いつ誰に見られるかわからないですから」

紅子はあっと気づき、身体中の血が熱くなった。

うまうまとたばかられたのだ。

周囲に人里のない五条の屋敷に住んでいた紅子は、ひと目をはばかるという習慣が身についていなかった。だがこの内裏では、端近に出たりするのははしたない行為だったのだ。

柊命婦に手を取られて、うつむいて御簾の側から離れる。

女房たちの忍び笑いはまだ続いている。

「なにもおかしいことなどありますか⁉」

気の強い山吹が、かっとしたように声を荒らげる。

一瞬ぴたりと笑いが止まるが、次の瞬間さらにそれが膨れ上がる。

「まあいやだ、大きな声を出して。田舎者はこれだから」

「山深き姫には、田舎者の女房がお似合いですわね」

紅子は全身が恥辱で震えてくる。

「山深き姫」とは、内裏の女房たちが紅子に密かに付けたあだ名だ。もちろん嘲笑する意味でだ。

「紅子様、お気になさりますな」

柊命婦がとりなすように声をかけるが、あまりの屈辱に足が震えてしまう。

鼻がつんとしてくるが、

(泣いちゃだめ。涙を見せては、余計に笑われる)

と、ぐっと堪《こら》える。

と、そこに足音も軽やかに渡殿を渡ってくるものがいる。

「み、帝のお成りです」

御簾に近いところにいた山吹が、慌てて言う。

その場の女房たちは、はっと身を強ばらせる。

間髪を容《い》れず、大鷹がさっと御簾を押し上げて中に入ってきた。

「紅子――おお、そこにおったか」

今日の大鷹は、御引直衣《おひきのうし》という普段着姿だ。表地が白小花葵綾《あおいあや》、裏地が紫の平絹、それに紅色の打袴を穿《は》いて、はっとするほど艶やかだ。柊命婦も他の女房たちもさっと平伏するが、紅子はとっさのことに立ちすくんでしまう。その困ったような表情がよほど可愛らしかったのか、大鷹はにこりと微笑む。

「ちょうどよかった。朝の政事も済んだので、あなたを梅見に誘いにきた」

「梅、ですか？」

「そうだ、見事な梅の枝を飾ったのであなたにぜひ見せたい」

そう言うや否や、大鷹は軽々と紅子の身体を抱き上げた。

「あ――いけません、そんな」

他の女房の手前、紅子がたしなめようとすると、大鷹は少し表情を引き締めて周りの女房たちに聞こえるように言う。

「かまわぬ。あなたにする行いは、私が決める。そして、あなたの行いに対しても、私はなにもとがめはしない。紅子は紅子のままでよい」

びくりと女房たちの肩がすくむ。

（あ？　もしかして大鷹様は、先ほどの私たちのやり取りを知っていて――？）

物問いたげな紅子に、大鷹は柔らかく笑いかけ、そのまま御簾をくぐって渡殿から鳳凰殿に向かう。

「――あなたを泣かせるものがいたら、私に遠慮なく言え。私は容赦しない」

歩みを進めながら、耳元で大鷹がささやく。

「大鷹様……」

「先ほど朱雀殿に忍ばせてあるものが、あなたが女房たちに恥をかかされていると急ぎ知らせてくれた。それで私が馳《は》せ参じた、というわけだ」

紅子は目を丸くする。

「そうなの？」

大鷹はうなずく。

「世間知らずでいたいけなあなたを、魑魅魍魎《ちみもうりょう》の巣窟のような内裏に上げることは少なからず心配だった。だから、いつでもあなたを守れるようにしておいたのだ」

「べ、べつに恥なんか――」

強がろうとすると、ちゅっと頬に口づけされる。

「そんな今にも泣きそうな顔をして、なにを言う」

じんと胸が熱くなる。

帝として多忙な日々を送っている大鷹が、自分のことに細心の気配りをしてくれることが嬉しくて幸せで――。

「ごめんなさい――紅子はこれから一生懸命勉強して、大鷹様にふさわしい妻になるよう努力します」

目尻に涙を溜めて言う。

「いいのだ。言ったろう、紅子は紅子のままでよいと。変に世渡り上手な世間擦れした女人になって欲しくない。あなたは私の色に染まればいい」

「でも――私の恥は大鷹様の恥です」

帝の妻になったからには、これからはもっと気を引き締めなければ、と自戒する。

「うん。精進する気持ちは大事だ。その気持ちは常に持っていて欲しい」

「はい」

こくんとうなずくと、大鷹は目尻の涙を優しく吸い込んでくれる。

縁側に出ると、大鷹は飾ってある青磁の瓶の側に紅子をそっと座らせた。

「まあ、美しい……！」

舶来の青緑の瓶に挿された紅梅の花がくっきりと色鮮やかだ。

「お山にも梅は咲きましたけれど、こんなにも色濃く香り高いお花は初めてです」

「そうだろう。あなたのために内裏の梅林から極上の枝を厳選させたのだ」

背後に腰を下ろしながら大鷹が言う。

「私のために？」

「紅梅の精のようなあなたに」

彼の闇色の深い瞳で見つめられると、胸の鼓動が高まる。強い梅の香りとともにくらくら目眩がしそうだ。

ふいに大鷹がぴたりと身体を寄せてくる。

「いかんな。その目は——あなたが欲しくなる」

彼の高い鼻梁が紅子の耳朶を優しく撫でる。

「あ……」

くすぐったさとむず痒《がゆ》いような感触に身を捩《よじ》る。大鷹はかまわず柔らかな唇を耳朶の後ろやうなじに押し付けてくる。そこが感じやすい紅子は、ぞくりと肩をすくませる。頬を染めて肩越しにささやく。

「こんな縁側で——人が」

「気にするな、望月に人払いさせた」

ぬるりと男の舌先が耳孔に押し込まれる。熱い感触にひくんと肩がすくむ。

「ま、まだ日が高うございます」

「あなたを愛するのに、昼も夜も関係ない」

ねろねろと耳殻を舐られ悪寒のような疼きが背中を走る。

「だ……め、あ……ぁ」

ねっとりと耳裏を舌先が這い回り、びくりと身体が引き攣る。

「可愛い声を出す――ほんとうに愛らしい」

耳元で大鷹が熱くささやく。

背後から表着の合わせ目に、大鷹の手がするりと潜り込んでくる。

「あっ……だめっ」

慌ててその手を引きはがそうとするが、彼はびくともせず袿の上から胸の膨らみを探り当て、やわやわと揉んできた。

「なんだか――ここに来た当初より膨らんだようだな」

「やっ……そんないやらしいこと言わないで……っ」

布地の上からざらりと乳首を撫でられると、ちくんと立ち上がって、焦れたような疼きが下腹部から生まれてくる。

「そら、もうここが硬くなって——感じやすくなった」

「や、違う……やぁ……っ」

ふるふると首を振るが、大鷹の手がさらに中に潜り込み、素肌に触れてくるともうたまらなかった。

「あ、や、あぁ……」

彼のしなやかな指が直に硬く尖った乳首を摘み上げ、指の腹で撫で擦ると、じくじくした甘い疼きが乳首の奥から子宮に走る。

「んぅ……だめ、だめです……っ」

振りほどこうと身じろぎするのに、大鷹の逞しい腕が腰を引き寄せたので、却《かえ》って物欲しげに身体を押し付けてしまう形になった。ますます男の指が疼く乳首を抉じるので、じりじりと下腹部が灼《や》けつくように燃えてくる。

「お、願い……」

潤んだ瞳で見上げて懇願するが、大鷹は胸をつかれたような表情になり腕に力を込める。

「ああ、そんな目で私を見たら——たまらない、愛らしすぎて、たまらない」

彼が強く唇を押し付けてくる。強引に口唇を割られ、熱い舌が押し込められる。

「んぁ、あ、ふぁ……んぅう……」

ぬるりと舌が擦れ合うと、あまりの心地好さに胸の鼓動が高まり体温が上がっていく。大鷹の舌は性急に口腔を舐り回し、喉奥まで入り込みそうな勢いだ。

「く……ふぅん……んんっ」

懸命に彼の口づけを受け止めようとするが、淫らな舌の動きに頭がぼうっとして、溢れた唾液が口の端から滴るのも気がつかない。息が詰まり身体からゆっくり力が抜けていく。その間にも大鷹の指はひりつく乳首をきゅっと摘んだり扱《しご》いたりし、甘い痺れが全身を駆け巡る。子宮の奥がうずうず焦れ、物欲しげに蠢き出す。

「は……んぅ、んんぅ……っ」

もはや抵抗する気力もなく、紅子はただぐったり身をもたせかけ大鷹の愛撫を受け入れる。長い接吻《せっぷん》ののちようよう唇が離れると、紅子ははあはあと大きく息を継いだ。しかしほっとしたのもつかの間、大鷹は今度は汗ばんだうなじや耳朶の後ろに舌を這わしてくる。

「ひ……ぁ、や、そこ……っ」

背後から胸元に忍び込んだ両手が、柔らかな乳房を捏ねくり乳首を爪弾く。感じやすい部分を次々責められ、背中がぶるっと小刻みに震えてしまった。

「どこもかしこもこんなに感じやすくなって——可愛いらしすぎる」

豊かな黒髪に顔を埋め大鷹がため息を漏らす。片手で乳房を愛撫しながら紅袴の腰紐を片手で器用にするりと解く。緩んだ袴《はかま》の中へしっとりした掌が滑り込み、下肢を這い回る。

「あっ……や、だめっ……」

太腿をやわやわと撫で擦《さす》られると、腰がひくりと跳ねる。そのま太腿の付け根や薄い茂みを探られ、焦れた疼きに隘路の奥がざわめく。

「もう濡れているね」

指先が割れ目をすっと撫でると、ぞくんと身体が引き攣る。肉びらを軽くくすぐられただけで、じわりと熱い蜜が滲《にじ》み出てくるのがわかり、羞恥に耳朶まで血が昇った。

「や……違う……お願い、弄らないで……そこ……」

紅子は首をふるふる振って身じろぎする。彼の長い指が秘裂を割って押し入ってくると予感しただけで、下腹部が痛いほど疼いてしまう。

「どうして？　こんなに熱く濡れそぼって、私を待ち焦がれているのに？」

大鷹は嬉しそうな声を出し、ふっくらした陰部ごと掌で押し包み、柔らかく揉みながら中指でぬるぬると秘裂を上下に擦り上げる。

「く……うぅ、は、はぁっ……」

さらに蜜が溢れ出し、喜悦に淫らな声が漏れてしまう。

こんな淫らなこと、いけないのに――自分に必死で言い聞かせようとするが、溶け出した官能は止めようもなく、陰唇の狭間に隠れた秘玉がぴくんと勃《た》ち上がってしまう。

「ああ、ここもこんなに膨れて――」

中指がくちゅりと秘裂を暴き、溢れた愛蜜をたっぷり掬って尖った秘玉に塗り込めるように触れる。

「ひ、は、そこ、だめ、そこは……やぁっ」

ぴくぴく脈打っていた秘玉をくりくり転がされると、下肢が蕩けそうなほど感じてしまい、身体をくの字に折り曲げて身悶える。逃げようとする紅子の身体をぐっと引き寄せ、大鷹はさらにひりつく花芯を抉じった。

「あぁ、あ、だめ、そんなにしちゃ、あぁ、だめ、なのぉ……っ」

じんじんと秘玉が痺れ、鋭い愉悦が次から次へと襲ってくる。じゅんと熱い蜜が吹きこぼれ、男の掌を淫らに濡らす。

「可愛い声を出して——まったくあなたは、感じやすく素晴らしい身体をしている」

包皮から頭をもたげた花芯を大鷹は執拗に弄り、絶え間ない喜悦に襲われた紅子の唇から、艶《なまめ》かしい喘ぎ声がひっきりなしに漏れ続ける。

「は、はあ、はふぅ、あぁ、だめ、も、そんなにしちゃ……私……」

秘玉の刺激に甘く痺れた媚肉が物欲しげに蠢き、紅子を追いつめる。ひくひくと収縮を繰り返す膣襞が、疼きを鎮めて欲しいと求める。凝った乳首とひりつく秘玉を両方責められ、紅子は頭が快感のあまり沸騰するかと思うほどのぼせてしまう。

「私が、欲しい？」

耳朶の側で大鷹が濡れた声でささやいた。

「……ん、あ、や……あぁ」

息を乱しながら紅子は首を小刻みに振る。そんな恥ずかしいこと、昼日なかからとても口にできない。

「欲しいと言ってごらん——可愛い紅子」

くちゅくちゅと愛蜜を弾かせ、男の指がさらに濡れ襞を攪拌《かくはん》する。

「や……いやぁ、そんな、こと……ひあぁっ」

ぐっと指が一本膣奥に突き立てられ、脳芯まで震わす快感に紅子は声を張り上げる。

「ふふ、そんな声を出したら、望月がなにごとかと駆けつけてくるかもしれんぞ」

大鷹が薄い耳朶をきゅっと甘噛みし、からかうように言う。

「くぅ、う、や、だめ、やぁ……っ」

耐え難い羞恥にふるふる首を振ると、奥の指がさらに膣襞を刺激する。

「それとも、見てもらおうか？　望月や殿上人たちに、あられもないあなたの姿を、なにもかも——」

「ひ、やぁ、だめよ、お願い……ぁあっ」

一瞬脳裏に、淫らに悶える自分を大勢の殿上人が見つめている様子が浮かび、それが異様な興奮を掻き立て、紅子はびしゅっと潮を吹いて軽く達してしまった。

「お——これだけで達してしまうなんて、なんていやらしい妃だろうね」

「……んんっ、やぁ、ひどい……です、意地悪、しないで……」

消えてしまいたいほど恥ずかしいのに、信じられないくらい気持ち好くて、紅子は半泣きになりながら、濡れた瞳で振り返る。

「お……願い……」

黒く濡れ光る妖艶な瞳を見たとたん、大鷹が息を呑む音がした。

「——なんだい、可愛い紅子」

男の指はぷちゅぷちゅと淫猥な音を響かせて、媚壁を擦り秘玉を転がし続ける。紅子はくるおしげに腰を揺らしながら、消え入りそうな声で言う。

「……お願い……欲しいの……大鷹様が……」

もはやこれ以上焦らされいたぶられていては、おかしくなってしまう。

「欲しいのか、私が？」

「は……い、欲しい……大鷹様ので……どうか……」

それ以上はとても口にできず、真っ赤になって首を振る。

「可愛い紅子、この濡れたいやらしい花びらの中に、私が欲しいのだね？」

大鷹の恥ずかしい言葉に紅子はこくんとうなずく。

「わかった——紅子、欲しいものを上げよう。さあ、跪《ひざまず》いてそこの欄干を握ってごらん」

「は、はい……」

言われるまま膝立ちで紅い欄干につかまると、自然と腰を後ろに突き出してしまう。するりと指が隘路から抜け出て、その喪失感に腰がぶるっと震えた。

「いい子だ」

ふいに大鷹の両手が伸びて、細腰にまとわりついているだけだった紅袴をするりと引き下ろしてしまう。

「きゃ……っ」

すうっと下腹部に外気が触れ、鳥肌が立つ。怖気づいて腰が引けそうになるのと同時に、異様な興奮が全身を駆け巡り心臓がどきどき高鳴る。

（高欄で、日も高いのに、こんな恥ずかしい格好をして——）

淫らな高揚感に媚肉がきゅうっと疼く。

背後で大鷹が袴を緩める衣擦《きぬず》れの音がしたかと思うと、柔らかな双臀《そうでん》をぐっと摑まれた。

「あ……っ」

はっと顔を上げたとたん、濡れそぼった花唇にぐっと硬く膨れ上がった亀頭が押し当てられた。そのままひりつく媚襞を左右に押し広げ、先端がぐぐっと挿入された。

「はぁ、うん……っ」

隘路を目一杯押し広げ、一気に最奥まで貫かれ紅子は大きく仰け反る。

「あ、ああっ……」

長大な肉楔《にくくさび》に、脳芯まで突き上げられたかと思うほどの衝撃だった。

「ああ、あなたの中はなんと心地好い」

大鷹が深く息を吐き出したかと思うと、ずるりと先端のくびれまで引き抜く。

「う……あふぅん」

ぞくりとするほどの喪失感に全身が戦慄く。再びずんと根元まで突き入れられ、今まで感じたことのない内壁の部分がびりびり痺れてしまう。

「あ……ぁ、だめ……」

尿意を我慢しているのに似たような、不可思議な痺れと快感に紅子は狼狽《ろうばい》する。彼女の官能がみるみる溶け出したのを見てとると、大鷹は次第に抽送を速めていく。ずくっと最奥まで穿っては、笠の開いた亀頭に濡れ襞を巻き込むようにしてぬちゃりと引き摺り出す。そのたびに膣路全体が燃え上がるように熱くなり、襞がうねって肉茎に絡み付く。

「——熱い。ああ、締まる——」

ずんずんと腰を穿ちながら、大鷹が低い呻き声を漏らした。

「はっ、あぁ、あ、大鷹様……あぁっ」

ぐらぐら揺さぶられ腰が砕けそうになり、紅子は必死で欄干にしがみつく。結合部から匂い立つ愛液の香りと、紅梅の濃厚な香りが混ざり合う。その淫猥な香りに紅子の頭がくらくらする。

「ふぁ、あ、すご……あぁ、はあっ……」

激しく腰を繰り出しながら、時おりぐりっと押し回すように動かされると、ひどく感じやすい部分を直撃され、じゅっじゅっと熱く透明な潮が噴き出してしまった。

「や、そこ突かないで……漏れちゃう……ぁあ、恥ずかしい……っ」

ぽたぽたと白木の床に滴る愛液が、淫らな染みを拡げていく。

「たまらない――あなたの身体は、どんどん好くなる――」

はあはあと息を荒くしながら、大鷹の抽送は勢いを増していく。

「んぅ、はぁ、あぁ、すごいの……ぁあ、すごい……」

後ろから獣のように貫かれているのに、あまりに気持ち好くてもはや時間も場所も忘れて、嬌声を上げ続ける。太い血管の浮き出た裏筋が、秘玉の裏側をぐりぐり擦っていくのがたまらなく気持ち好く、白い喉を仰け反らして喘ぐ。突かれるたびに自然と腰がいきみ、媚襞が蠢動《しゅんどう》して肉茎を締め上げる。

「――く、紅子の女壺《にょつぼ》も、すごい――絡み付く」

大鷹が息を凝らすと、灼熱の肉楔がぐんと嵩《かさ》を増し、ますます刺激が高まった。

「あぁ、あ、だめ、あ、壊れ……っ」

ばつんばつんと肉の打ち合う鈍い音が響き、それは紅子の脳芯まで響き意識をさらいそうになる。大鷹の腰使いに合わせ、次第に紅子も控え目にだが腰を使い始める。

「お――」

大鷹が突き入れると紅子の腰がぐっと後ろにせり出し、抜け出ていくときゅっと蜜口が引き絞られる。その刺激に、大鷹は奥歯を嚙み締めて堪えながらさらに彼女を追いつめようとする。

「やぁ、あ、すごいのぉ……あぁ、大鷹様ぁ……」

艶やかな黒髪を乱舞させ、ぷりんとした白い尻肉を震わせて身悶える紅子の姿はあまりにも淫らで妖艶で、大鷹の興奮をいやが上にも搔き立てた。

「綺麗だ――美しい、美しい、私の紅子」

大鷹はぐちゅぐちゅと震える内壁を搔き回しながら、自ら激しく燃え上がらせる。

「ああ、吸い付くようだ――紅子、紅子」

大鷹の声が快感に震えてくる。

「ひぁあ、あ、あぁ、好き……好きです……大鷹様……っ」

紅子は首を振り立てながら喘ぐ。半開きの唇から紅い舌がちろちろ覗き、ぞくりとするほど淫猥で美しい表情だ。

「私も――大好きだ――愛おしい紅子」

白い額に汗の珠を浮かべ、腰を抽送しながら大鷹は二人の結合部分に手を伸ばし、膨れ上がっていた秘玉を弄った。

「ひぃっ、はぁ、だめっ、そこだめ、そこは……っ」

ひくつく秘玉をくりくりと擦り上げられ、肉棒のもたらす深い愉悦と秘玉から生まれる弾けるような喜悦に、紅子はあっという間に絶頂に駆け上ってしまう。

「も、だめ、達ったの……あぁ、達ったのぉ……っ」

悲鳴のような嬌声を上げ、全身をぶるぶる痙攣させる。またびしゅっと大量の潮が吹き出る。しかし大鷹は容赦しない。そのまま秘玉をこそぎながら、仕上げとばかりにがんがん腰を穿ってくる。

「く、ひぁ、あ、あぁ、あぁあ、やぁ、やぁああっ」

まさか絶頂の先にまだ絶頂があるとは思っていなかった。

達しては下り、また上り絶頂を極める。

頭が愉悦で真っ白に染まる。なにも考えられない。逃げたいようなもっとして欲しいような、ぐるぐると欲望が脳内を旋回する。

「あ、また……達く……あ、また……ぁ、やぁ、許して……っ」

これ以上はだめだ。

理性が完全に吹き飛び、おかしくなってしまう。

紅子の嬌声が啜り泣きのようになる。媚襞が小刻みに収縮を繰り返し、大鷹をも押し上げていく。

「——ああ、紅子、私も——もう」

「んぁあ、あ、来て……もう、あぁ、一緒に、大鷹様……っ」

ぐりっと一段と強く捩《ね》じ込まれた瞬間、紅子は一瞬気が遠くなる。そしてびくびくと腰を震わせながら達すると、膣襞が激しく痙攣し肉棒を締めつけ、大鷹も激しく欲望を弾けさせた。

「あ、あぁ、あん、あぁ、熱い……っ」

熱く滾った迸《ほとばし》りを最奥に受け、紅子は再び昇り詰めてしまう。

「――紅子、私の紅子――」

全てを出し尽くすまで何度も腰を打ち付けられ、そのたびに紅子は本能的にきゅうっと膣壁を強く締めつけた。

「は……はあ、はっ……」

この瞬間、この世界には二人きりしかいないような気持ちになる。

心地好くて暖かく充足した二人の世界。

紅子の中で精を放ち終えた大鷹が、背後からぎゅっと力強く抱きしめてくれる。

「――素晴らしかった――あなたは、私だけに愛されるために生まれてきたのだ」

優しく言葉で耳をくすぐられ、紅子は幸せに咽《むせ》び泣く。

「あ……ぁ、そうよ……紅子はあなただけのもの……ずっと……」

ふいに紅梅の香りが強くなったような気がする。

うららかな初春の昼下がり。

二人は快感の余韻にいつまでも酔いしれていた。


その夜。

紅子と大鷹は鳳凰殿の寝所で睦み合った後、心地好く疲れた身体を寄せ合っていた。

「ああ、藤花貴家の屋敷に新築の祝いに招かれた」

紅子の頬にかかった乱れ髪を撫で付けてやりながら、大鷹はうなずく。

「関白様の?」

「うむ——関白にはいろいろ含むところもあるのだが、私も若輩者。まだまだ彼の支えがなくては立ちいかないことも多い。彼の思惑もある程度は推測できるが——」

ふっと綺麗な眉を寄せる彼に、紅子は気遣わしげに尋ねる。

「なにか、ご心配ごとでも?」

「貴家は自分の娘の光子殿を、なんとか後宮に入れたくてたまらないのだよ。帝の外戚になれば、地位は安泰だからな」

紅子はどきりとする。

「光子——様?」

「行幸——ですか?」

大鷹はうなずく。

「まだ私が東宮の地位にいた時、五節の舞姫に選ばれたほどの美貌のお方だ」

毎年豊作を祝う新嘗祭《にいなめさい》の祝いの席で、身分の高い公家《くげ》の家から容姿端麗な未婚の娘が五人選ばれ、帝の前で舞いを披露するのが習わしである。それを五節の舞姫と言うのだが、これに選ばれるというのは当人にも家にとってもこの上ない名誉なのだ。

五節の舞姫の評判は、山暮らしの紅子でも話に聞いて知っていた。

「……よほどお美しいお方なのですね」

紅子の声がしょんぼりしたので、大鷹はくすりと笑った。

「どうしたのだ？　光子殿のことが気になるのか？」

紅子は顔を伏せる。

「だって——ずっと都暮らしで、さぞかし洗練されたお方だろうと思うと……」

ふいに頭をぽんぽんと優しく叩かれる。

「そんなひがんだような物言いは紅子らしくないぞ。私にとってはあなたがこの世で一番の美女だ。他の女人など目にも入らぬ。今度の行幸も、あなたを伴っていこうと決めている」

「私を——!?」

紅子は目を丸くする。

「そうだ。貴家の思惑どおりにはいかないことを見せてやろう。私の妻は、生涯あなた一人であると」

「大鷹様……」

胸がきゅんと切なくなる。

そっと顔を寄せた大鷹が、優しく啄むような口づけをしかけてくる。

「ん……ふ」

頬に彼の暖かい息がかかり柔らかな唇で何度も触れられると、じくんと下腹部から甘い疼きが湧き上がってくる。紅子の反応を察したように、次第に大鷹の口づけが深いものに変わる。熱い舌先でぬるりと唇を舐められて、びくんと肩がすくむ。

「あ……はぁ……」

思わず息を継ごうと唇を開くと、するりと彼の舌が忍び込んでくる。舌を絡め取られ、きゅっと吸い上げられると、先ほど睦み合ったばかりだというのに、下腹部がうずうずする。そんな淫らな自分の反応を知られたくなくて、慌てて身を引こうとする。

「あ……もう、だめ……です」

「欲しいのだ――」

わずかに唇を離した大鷹がささやいた。

「早く、あなたとの子どもが欲しい――」

「大鷹様……」

どきんと心臓が跳ねる。

「あなたとの間に皇子をもうけることができれば、もう誰にはばかることもなく、あなたは皇后だ。いや、いずれは国母になるだろう」

「わ、私が国母に……」

国母とは帝の実母のことだ。女性の最高位だ。

紅子が呆然としていると、再び大鷹が口づけをしかけてくる。

「だから早く子を成すため、幾度でも睦み合おう」

口づけをしながら大鷹の手は、紅子の小袿の合わせ目に滑り込み柔らかな乳房を撫で回す。

「あ、や、あぁ……ぁ」

身体がみるみる火照ってくる。

もはや大鷹の愛撫を拒む術はなかった。


半月後。

藤花貴家の屋敷に、大鷹帝が行幸した。

大鷹たっての希望で、紅子も同伴であった。

大鷹は鳳輦《ほうれん》と呼ばれる帝専用の輿に乗り、立派なしつらえの先導の後から、大勢の警護の近《この》衛《え》兵や艶やかな衣を身に纏《まと》った陪従《べいじゅう》に囲まれしずしずと大通りを進んでいく。紅子はその後から糸毛車で付き従った。

「帝のお出ましだ」「大鷹帝様じゃ」

街人たちは畏敬の態《てい》で、帝の行列を平伏して見送る。

紅子は壮麗な道行きに、胸を高鳴らせながら時おり覗き窓の御簾越しに外を眺めた。

巳《み》の刻頃、藤花貴家の屋敷に到着する。

贅《ぜい》を尽くした広大な屋敷に、紅子は藤花家の威光をまざまざと感じる。かつて五条家もこの藤花家と肩を並べるほどの勢いがあったのだと思うと、心が痛んだ。しかし、自分が今帝の妻になったことで、五条家にも運気が巡ってきたのだ。

(大鷹様に恥をかかさないためにも、そして五条家の名誉のためにも、今日は私はしっかり務めよう)

紅子は心意気を新たにする。

女房たちに恥をかかされ大鷹に救われたあの日以来、紅子は帝の妃にふさわしい教養を身につけようと、寝る間も惜しんで精進していたのだ。

「この度は、恐れ多くもこのひなびた我が屋敷に、ようこそお出ましになられました。ふつつかながら、この貴家が先導たてまつりまする」

東の対の車付きから鳳輦を降りた大鷹を、濃紫の礼服姿の貴家が恭しく出迎えた。

大鷹は帝だけが着用を許される黄櫨染御袍《こうろぜんごほう》の束帯装束姿で、下襲《したがさね》の裾《きょ》を長く引き、ひときわ輝かしく美しい。

「関白、本日は世話になる」

大鷹はうなずくと、車付きに止めてあった糸毛車の方を振り返った。

「我が妻も一緒で、屋敷内を拝見してよいか？」

貴家も帝の陪従たちも一様にはっとした。

それでなくても側室同伴の行幸などが珍しいことなのに、その上に共に屋敷へ入るなどとは異例であった。牛車に待機していた紅子ですら、畏れ多くて心臓が跳び上がった。大鷹が先に屋敷を拝見している間に牛車を降り、寝殿の中でお待ち申し上げていようと思っていたのだ。

「それは――主上さえよろしければ」

貴家は礼節を失わない態度で答えたが、その太い眉がかすかにひくついている。

「では女官長、紅子をここへ」

大鷹の言葉に、柊命婦が素早く糸毛車の前に進み出て、紅子の下車の介添えをした。

紅子は衵扇で顔をしっかり覆って、しずしずと殿の中に入った。

控えていた屋敷の侍従たちから、かすかにほうっと感嘆の声が漏れる。

今日の紅子は、舶来風の白い織に、梅の枝に蝶や鳥が飛び散る紋様の表着と、濃い紫の重ねを合わせ、はっとするほど高貴だ。この短期間で立ち居振る舞いもすっかり品よくなり、すでに妃としての風格すら漂う。引きずるほどに長く豊かな黒髪、袙扇の陰からちらりと覗く顔は透き通るように白く、この上なく魅力的だ。

（田舎娘とあなどっていたが、なかなかの美貌の貴婦人だ――これは帝が入れ込まれるのもうなずける――なんとかせねばな）

貴家は、にこやかな表面とは裏腹に胸の中であれこれ算段していた。

「おいで、紅子。私が手を引こう」

大鷹自ら紅子の手を取り、二人は貴家に先導されて屋敷の中を案内された。

本殿に向け、一面紅い錦布を敷き詰めた長い広廂《ひろびさし》の前を通っていく。壁や格子には一面に吉兆の松や鶴を描いた軟障《ぜじょう》が垂らされている。まるで宮中のような贅沢な造りに、紅子は目を奪われる。この世の春と謳《うた》われた藤花家の威光を目の当たりに見るようだ。

「本殿にてございます。しばしおくつろぎを。すぐに歓迎の楽が前庭にて催されます」

寝殿の一番高い畳の座に案内され、大鷹はゆったりと腰を下ろす。

一段下の座に座ろうとした紅子に彼は、

「私の隣へ。貴家、紅子の座を移してくれるか」

と、声をかけた。

「いえ、私は――」

紅子は皆の手前遠慮して断ろうとするが、大鷹は物静かだが断固とした口調で、

「隣へ」

と繰り返すので、仕方なく立ち上がる。貴家は畏《かしこ》まって畳の座を大鷹の隣へ侍従に移させた。貴家の太い眉が頻《しき》りにぴくつく。

茶菓などを振る舞われ一息ついていると、前庭へ賑《にぎ》やかな緋《ひ》色の衣服の楽人たちが現れ、笏《しゃく》拍子《びょうし》や笙《しょう》や笛、小太鼓などで楽を奏で始める。

そこへ恭しく登場した藤花家縁者の子どもたちが、童舞いを披露する。

「まあ、なんて可愛らしく美しいの！」

紅子は初めて見る童舞いに目を奪われた。

「あの舞いは、鳥の舞いというのだよ。極楽にいる、美しい声でさえずるという迦陵頻伽《かりょうびんが》という鳥を模した舞いなのだ」

大鷹が横から説明をしてくれる。

まだ髪を角髪に結っているあどけない少年たちが、赤や青に彩色した鳥の羽を背負い、天冠を被り銅拍子を両手に持って、軽やかに舞う。

紅子が頰を染めて見入っているのを、大鷹は愛おしそうに眺めている。一段下の座にいる貴家は、その様子を苦々しく見ている。

童舞いが終わると、皆感嘆して手を打ち鳴らす。大鷹も何度も笏で脇息を叩いて褒め称《たた》えた。

「貴家、素晴らしかった。後で子どもたちに褒美を取らそう」

大鷹の言葉に、貴家は深く頭を下げた。

「ありがたきお言葉です。次なる趣向は、ぜひ、あちらの前池にご注目ください」

ふいに笛の音の流れるような旋律が響く。

そしてするすると対面の西殿の方から、高瀬船が一艘《そう》滑るように漕《こ》ぎ出てきた。

舳先《へさき》には見事な龍の頭部が飾られ、四方を朱《あか》い高欄で囲ってある。左右に楽人が座し、そして中央にはすらりとした女人が一人立っていた。目にも鮮やかな茜《あかね》色と蘇芳《すおう》を基調にした十二単《じゅうにひとえ》に長い黒髪をおすべらかしにし金冠を被り、手に豪華な錦の檜扇《ひおうぎ》を持っている。

その場の者全員が、天女が舞い降りたかと思うようなたたずまいにどよめいた。

高瀬舟は帝の前にくるとぴたりと止まり、檜扇で顔を覆った女人は恭しく頭を下げた。

貴家はほくほくした顔で大鷹に述べる。

「我が三の姫、光子にてございます。帝の末代までの栄華の祈りを込めて、舞いを披露いたします」

紅子ははっとした。

（では、あの方が貴家様が入内させようとなさっているという、光子様――）

楽の演奏が始まると、光子はしなやかな動きで舞い始める。

まるで宙に浮いているような軽やかな動きに、誰しもが声も忘れて見入った。

貴家の思惑をわかっている大鷹ですら、目を奪われている。

（美しい――あんなお美しいお方、初めて見た）

紅子は衝撃を受けていた。

眉目麗しさ、舞いの見事さ、どれをとっても抜きん出ている。

（私なんて、足元にも及ばない……）

山深い五条の屋敷では舞いの手ほどきをあまり受ける機会がなく、あのように素晴らしく踊ることなどとてもできない、と思った。しかも光子には、生まれながらの高貴な姫君だけが持つ気品というものが身についていた。

「山深き姫」と、自分が陰で揶揄《やゆ》されているわけがやっとわかった。

紅子はそっと横にいる大鷹を窺う。

光子の見事な舞いを、彼は熱心に鑑賞している。

（大鷹様も光子様に感心なさっている……）

一差し舞い終わると、光子は帝の世を讃える歌を楽の音に乗せて一首詠んだ。

「わたつみの　浜の真砂《まさご》をかぞへつつ　君が千歳《ちとせ》の　あり数にせむ」

帝の世が千年後まで続きますようにという意味の讃歌だ。鈴を転がすような美しい声だった。

詠唱が終わり、船はするすると対面に向かって消えていく。

あまりにも素晴らしい演出に、観客からどよめきと歓声が上がる。大鷹も感に堪えたような表情で、貴家に声をかける。

「素晴らしい演目であった。光子殿は当代随一の舞い手であられる」

「恐れ入ります」

貴家はしてやったりという表情で、頭を深々と下げた。

紅子は扇の陰で唇を噛み締めて、うつむいていた。


「ようやったぞ、光子。帝も感服しておられた。お前のことを気に入られたに間違いないぞ」

盛大な饗宴《きょうえん》も無事終わり、夜半過ぎ帝が寝所に引き取られると、貴家は自分の部屋に娘の光子を呼び寄せ、おおいに褒め称えた。

「ありがとうございます、父上」

しとやかに頭を下げた光子だが、そのしっとりした美貌にはわずかに憂いがさしている。

「それでな、後ほど、帝の寝所にお夜食をお持ちしてくれ」

父の言葉に光子の綺麗な眉がぴくりと持ち上がる。

「――それは」

貴家はなにか言おうとする光子の言葉に被せて、強く言い置く。

「わかっておろうな。お前にこれからの藤花家の存亡がかかっておるのだぞ」

光子は顔を伏せてかすかにうなずいた。

貴家は、光子に帝の今宵《こよい》の添い寝相手を命じたのだ。

亥《い》の刻頃、漆塗りの高台に干し棗《なつめ》と石榴《ざくろ》を載せたものを掲げ、光子が帝の御寝所のある西の殿へ渡っていく。

雲一つない夜空に満ちかけた月明かりが煌煌《こうこう》と照らす。高台を掲げ持つ光子の手がかすかに震えている。御寝所への妻戸の前まで来ると、光子ははっと足を止めた。

戸の前にじっと警護するように跪いている男の影がある。

狩衣《かりぎぬ》姿の望月だった。

「――望月様？」

光子がおずおずと声をかける。

「光子殿――」

望月はふっと面を上げた。

二人は一瞬目を合わせ、慌てて恥じらったように顔を伏せる。

貴家は前帝が病気がちだとわかるや、幼い光子を禊《みそぎ》と称しては、幾度か若鷹の預けられていた天萬寺に参拝させていたのだ。それとなく第二皇太子に光子の顔を馴染ませるためである。

その際に、望月と光子は知り合った。

繊細な容貌とは裏腹な強固な意志を持ち忠義に篤《あつ》い望月に、光子はいつの間にか密かに心を寄せていたのだ。そして望月もまた、美しい彼女を憎からず思っている。

しかし身分の違う二人は、互いの心の内を伝え合うこともできず、ひたすら想いを胸の内に押し殺しているのだ。

「私——父に言われて、帝にお夜食を……」

口ごもる光子に、望月は察したように顔をはっと上げる。

「お心遣い感謝します——しかし、ただいま帝は紅子更衣様を寝所に御呼びになられているので、それは私の方でお預かりいたしましょう」

望月の言葉に、光子はほっとしたように表情を緩めた。

これで父に申し訳も立つし、意にそぐわない添い寝をすることもない。

「では、お願いします」

高台を望月に渡す時に、かすかに彼の手に触れ、光子は耳朶まで紅く染める。

顔を背けるようにして、そのまま元来た渡殿を戻っていく光子の後ろ姿を、望月はやるせない顔で見送っていた。

一方、帝のために用意された寝所の御帳台の中では——。

すっかり意気消沈してしまった紅子は、二枚敷いた畳を少しずらし、大鷹となるだけ距離を取ろうとした。

白下小袖姿で肘枕で寛《くつろ》いでいる大鷹は、呆《あき》れたような声を出す。

「なにを遠慮している。もそっと寄らないか」

紅子はうつむいて小声で答える。

「あの……今宵は別々にお寝《やす》みした方が――」

大鷹が目を見開く。

「なにを言う。あなたをわざわざ同伴させたのは、なんのためだと思う。かまわないからこちらへおいで」

紅子は御帳台の隅に身体を小さくさせて座る。

「だって……私が――かまうのです」

大鷹はゆっくり身を起こすと、苦笑しながら言う。

「なんだ、なにを拗《す》ねている。先ほどの光子殿の舞いのせいか？」

紅子は図星を指され、無言で顔を背けた。

今の自分はどんなにいじけて劣等感に歪んだ顔をしているだろうと思うと、とてもまともに大鷹の顔を見ることができない。

「紅子――私をごらん」

大鷹の声が幾分厳しい調子になった。

「はい……」

紅子がおそるおそる顔を上げると、大鷹はきちんと正座してこちらを向いている。

高燈台の灯りの中に浮かび上がる彼の姿は、背筋がぴんと伸びてことさら美しい。

「私はあなたに誓ったろう。生涯愛する女人はあなた一人だと。あなたはその言葉を疑うのか？」

「め、めっそうもありません——そのような！」

紅子は頬を上気させて首を振る。大鷹の誠実な気持ちを疑ったことなど露程もない。ただ、自分が帝である彼にふさわしくないのではという不安が、どうしても拭えないのだ。

「私が——そのお気持ちに応えられるような女では、ないのかもしれないと……」

「紅子」

紅子の言葉を途中でさえぎり、大鷹は膝立ちで前にすり寄る。

「私をこの世で一番愛しいと思ってくれているのは、誰だ？」

「え——」

大鷹の玲瓏な顔が間近に迫り、心の底まで見通すような深い瞳がじっと見つめてくる。

「あなたではないのか？」

その真摯な言葉に紅子は胸の鼓動が速まり、息をするのさえ苦しくなる。

「そ、そうです……」

懸命に彼の視線を受け止め、震える声で答える。

「では、私へのその想いは、他の女人が舞いを見せたくらいで揺らいでしまうほどに、弱く浅いものなのか？」

鼻の奥がつんとして、涙が溢れてくる。

「いいえ――いいえ。この世で一番大鷹様をお慕いしているのは、私です。この気持ちだけは、誰にも負けません！」

ぽろぽろと真珠のような涙が頬をこぼれる。

大鷹がにっこりと表情を和らげた。

「それでいい。あなたのその想いが、私のなによりの宝であり力だ。紅子、あなたが側で私だけを想っていてくれるから、私はこうして国を統べる地位に踏みとどまっていられるのだ」

紅子はもうたまらず、大鷹の胸に縋り付いて肩を震わせた。

「……大鷹様……大鷹様……」

自分の気持ちばかりで、大鷹の心の内を推し量ろうとしなかった自分を心から恥じた。二十歳にも満たない大鷹が帝という国の頂点に就き、どれほどの責任と重圧に戦っているか、今やっと理解したのだ。

「もう迷いません。紅子は大鷹様だけを信じて、心を捧げます」

「紅子——」

大鷹は華奢な肩をそっと抱き、すべすべした頰に流れる涙を唇で受けた。

「なんといとけないのだ、あなたは。笑うあなたも、悩むあなたも、涙するあなたも、全て愛おしい。食べてしまいたいくらい、可愛い——」

艶やかな低い声でささやかれ、額に頰に耳朶に何度も唇を押し付けられると、体温が急激に上がって呼吸がせわしくなる。

「ぁ……大鷹様……」

大鷹の唇はそのまま首筋、胸元に下がってくる。白下小袖の合わせ目が左右に開かれ、まろやかな乳房がぽろりとこぼれ出る。白い乳丘に、紅い乳首がつんと尖っている。

「ここも美味しそうだ」

男の柔らかな唇が、胸の先端を含んだ。

「ふぁ、あ、んぅ……っ」

唇と舌腹で凝った乳首を揉み解されると、じんとした痺れが下腹部に走る。全身が熱く昂ってくる。

大鷹は紅子の背中に手を回し、ゆっくりと畳の上に仰向《あおむ》けにする。そのまま小袖を大きく開き、剝き出しになった脇腹や臍《へそ》に舌を這わせてくる。

「きゃ、あ、くすぐったいです……んんっ……」

ちろちろと熱い舌に執拗に舐められると、くすぐったさがぞくんぞくんとした甘い疼きに取って代わられる。

「どこもかしこも感じやすくなった——お腹《なか》のこの可愛い臍まで——」

紅子の反応を楽しむように大鷹は臍を舐り回す。

「ひ……やぁ、そんなところ……だめ……なのぉ」

ぞわぞわ怖気にも似た感触に、爪先であがくように身悶えしてしまう。身体中の器官が、大鷹の好みに拓かれてしまう甘い悦び。黒髪を振り乱して喘いでいると、裾まで大きく割られ、下腹部やほっそりした白い脚が剝き出しになる。思わず両膝を引き上げようとすると、柔らかな太腿を強引に開かれてしまう。

「あっ……」

いつまで経っても秘所を覗かれる恥ずかしさには慣れることはできない。全身を薄桃色に染めて小刻みに震えていると、大鷹が深いため息をついて低くささやく。

「今宵は、あなたのここも存分に舐めてやろう」

「え？」

まさか——と目を見開くより早く、大鷹のしなやかな指先がぱくりと愛蜜をたたえた陰唇を割り開いた。

「きゃ……っ」

「そら、もうたっぷり蜜を溢れさせて、いやらしい香りを放っている」

ふうっと大鷹の熱い息が恥毛をそよがせた。

「あ……そんな、だめ、そんなところ……っ」

紅子が腰を引こうとすると、大鷹は素早く両脚を抱えて押さえつけ陰唇に顔を寄せた。

ぬるりと熱く長い舌が、震える媚肉を舐め上げた。

「ひぁ、あっ……」

初めての感触が思いもかけずあまりに心地好く、腰がびくんと跳ねた。

「そら、鮮やかな花びらが私に吸って欲しくて、どんどん蜜を垂れ流す」

大鷹は嬉しそうに言うと、再び秘裂をしゃぶり出す。

「あぁ、あ、ひ、だめ……そんな、汚な……やあっ」

ぴちゃぴちゃと淫猥な音を立てて、肉びらが掻き回され、溢れた愛蜜が啜り上げられる。下肢が蕩けそうなほどの快感に、紅子は恥じらいつつも艶かしい喘ぎ声を上げてしまう。

「ああ美味だ――これほど甘露な蜜を吐き出す花は他にあるまい」

ひりつく陰唇をちゅうちゅうと吸い上げたり、れろれろと舐り回されると、普段指で愛撫されるより淫らに感じてしまい、頭が煮え立ってしまうほど興奮してしまう。

「……んぅ、んんっ、はぁ、あ、そんな……あぁ、だめ……っ」

あまりにはしたない声が漏れてしまい、拳を口に当てて必死で抑えようとした。

「可愛い肉芽がつんと尖って――つやつや光って紅玉のように美しい。齧《かじ》って食べてしまいたいな」

肉襞を舐りながら、高い鼻梁が膨れた秘玉をつんつんと突くと、全身が波打つほど感じてしまう。

「ふぁ……あぁ、あ、そこ、だめ……あぁっ」

彼の濡れた口腔が、ちゅっと秘玉を吸い上げた。

「はぁっ、あ、くぅ、ううっ」

じぃんと脳芯まで届く快感が駆け抜け、背中が弓なりに仰け反る。

「い、いやぁ、やぁ、しないで……そんなに、あふぅう……」

敏感な秘玉が舌で転がされ、口蓋と唇で柔らかく扱かれる。激しい喜悦に腰がびくびく痙攣し、抑えきれない嬌声が口の端から淫らに漏れ出てしまう。こんな恥ずかしい行為で淫らに感じてしまう自分が恥ずかしくてならない。なのに恥ずかしければ恥ずかしいほど、身体は悦びに打ち震えてしまうのは、なぜだろう。

「も……お願い……許して、そんな……しちゃ……くぅうう……」

大鷹の舌がひらめくたびに、媚肉がきゅうきゅう蠢き熱い蜜を吐き出す。腰はもっと喜悦を求めるように、びくびく震えながら前に突き出てしまう。やがてあまりの愉悦に息も絶え絶えになり、喘ぎ声も掠れてしまう。

「ひ……ひぁ……ぁ、も、やぁっ……」

苦しいほどの快感の連続に、目尻に涙が溜まり視界がぼやけてくる。このままでは気が遠くなってしまう。無意識に白い両手を下ろし、股間の大鷹の頭を押しやろうとする。

すると大鷹は両手で紅子の膝裏を抱え、身体を二つ折りになるほど折り曲げた。

「あぁっ」

身動きもできずに掠れた悲鳴を上げる。

「ほら、可愛らしい後ろの窄《すぼ》まりまでよく見える。ああ、ここも物欲しげにひくひくしている」

たっぷり唾液をまぶした舌先が、後孔を柔らかく突いた。

「は……んぅ、だめぇ、そんなところ、汚な……い、だめ……です……っ」

そこは排泄《はいせつ》する部分だ。そこに大鷹のような高貴な人間が舌を這わせるなんて——。あまりの衝撃に頭が真っ白になる。それと同時に、嫌悪感よりもむずむずした媚悦が湧き上がり、抵抗ができない。

「紅子の身体を隅々まで愛《め》でたいのだ。髪の毛の一筋から爪先に至るまで、あなたは私のものだ」

大鷹はくぐもった声で言うと、ぴちゃぴちゃと愛蜜を弾かせながら、蜜口から柔襞、後孔に至るまでしゃぶり尽くす。

「あ、あ、あぁ、あ、くぅ……んぅ、あぁ、だめ……もう、だめ、なのぉ……っ」

紅子は甘い啜り泣きを漏らしながら、しなやかな身体を波打たせて愉悦に酔いしれる。恥ずかしさはすでに超越し、大鷹が心から自分を求め愛でてくれる悦びだけが心を満たしていた。

「く……ふぅ、大鷹、さま、私……あぁ、もう、どうにかなりそう……っ」

何度も絶頂に達しているのに、それは終わらない。苦痛なほどの快感。

「そうか、どうにかなっておしまい。紅子――私だけの紅子」

ちゅぱっと大きな音を立てて、秘玉が痛いくらいに吸い上げられる。

「ひうぅっ、ひぁあぁっ……っ」

瞼の裏に激しい快感の火花が散る。腰ががくがくと小刻みに震える。きゅっと爪先に力がこもり、全身がぴーんと硬直した。

「だめぇ……っ、あぁあ、あぁあああぅ……っ」

喘ぎすぎて絶頂の声がひび割れたように掠れる。

愉悦の波にさらわれて、意識が朦朧とする。

「……はぁっ、はっ……はぁっ……」

ぐったりと弛緩した身体に、どっと生汗が噴き出す。

大鷹がゆっくり身を起こし、絶頂に打ち震える紅子の痴態を恍惚《こうこつ》とした表情で見つめる。

「――可愛い紅子。そんなに好かったか？」

まだぼんやりとしている紅子は、恥ずかしそうにこくりとうなずく。禁忌な場所を舐められたのに、こんなにも淫らに達してしまうとは――。

男女が睦み合うことの奥深さに、改めて気がつかされる。

「さあ今度は、私と一緒に――」

腕を引っ張られ抱き起こされ、そのまま大鷹の膝の上に跨《また》がる形になった。

「私ももう、こんなにもあなたが欲しい」

大鷹の割れた裾から、屹立した灼熱の欲望が覗いている。

「あ……ぁ」

濡れに濡れた淫唇を、脈打つ肉胴がぬるぬると擦り上げる。

「あ、大鷹様……ぁ」

硬く膨れた亀頭が蜜口を撫で擦るように行き来すると、満たされていなかった隘路が物欲しげに戦慄く。

「私が欲しいか?」

腰を蠢かしながら大鷹が耳元で熱くささやく。

「ぁ、あ……」

たった今秘玉で達したばかりだというのに、うねうねと媚壁がざわつく。なんと自分は欲深い身体になってしまったのだろうと、我ながら驚いてしまう。自分の吐き出す愛液で滑りが好くなった先端が、つるりと淫唇を擦ってくは抜け出ていくのが、たまらなく気持ち好い。そして、火照りが増した膣腔が、挿《い》れて欲しいともどかしげに疼く。

「正直に、言ってごらん」

背中をすうっと撫で上げるような甘い声でささやかれ、耳朶を柔らかく噛まれると、もう少しも堪えられない。

「ほ……欲しい……です……大鷹様のが……」

声を震わせ彼の胸に顔を埋めて、ぴったりと身体を寄せる。

「いい子だ――紅子」

大鷹は彼女の細腰を両手で掴むと、ゆっくりと持ち上げた。

熱い先端が、くちゅりと蜜口を掻き分ける。

「はっ……ぁ」

全身が期待でかあっと燃え上がる。

濡れきった媚襞は、そのままずぶずぶと美味そうに肉楔を呑み込んでいく。

「あっ……ぁあ、奥まで……」

根元まですっかり受け入れ、笠の張った先端が最奥まで届くと、じーんと四肢が痺れるほど感じてしまう。

「今宵は一段と熱く絡み付くな」

大鷹がうっとりとしたため息を漏らす。それから様子見のように、軽く上下に腰を揺らしてくる。

「んぅ、は、はぁっ……」

刺激に悦んで、淫襞が肉茎をうねうねと締めつける。

紅子の感じ入った声に、次第に男の抽送が激しくなった。

「あ、はっ、はぅ、あぁぅ……っ」

最奥をずんずんと真下から突き上げられると、脳裏まで深い愉悦が走り、身体が大きく波打ってしまう。

「ん、んぁ、あ、当たる……の、あぁ、当たる……」

紅子の中でいっそう膨れ上がった亀頭が、ごりごりと子宮口まで突き上げ、新たな喜悦で全身が燃え上がる。

「ああ――気持ち好い――あなたの中は」

大鷹が心地好さげな声を漏らすのがまた嬉しく、思わずいきんでさらにきつく男の肉楔に絡み付く。

「ぁあ、あ、深い……あぁ、すごい……んんぅ……」

揺さぶられるままに身悶えし、自らも腰を使い始めた。

初めの頃はただ大鷹の与える快感に翻弄され、達き果てるだけだったが、今ではさらなる高みを目指して、一緒に同じ旋律で腰を使うことも覚えた。自分がひどく淫猥な身体になったのはとても恥ずかしかったが、それで大鷹が悦んでくれると思うと、どんな行為でも受け入れることができる、と思う。

「ん……くぅ、ぁ、はぁあ……っ」

熟れた柔襞が硬い亀頭に押し広げられ、最奥の感じやすい部分を突き上げられると全身が粟立つほど気持ち好ぃ。

「は……ぁ、あ、やあ、も……ぁあぅ」

仰け反って喘ぐと、あどけない顔には不釣り合いなほどたわわな乳房がたぷんたぷんと上下に揺れ、大鷹の引き締まった胸元に触れる。敏感な乳首が擦れると、それもまた快感を増幅し、膣腔の中が激しく蠢動する。

「この柔らかな乳房が淫らに私を誘っているな」

腰をさらに強く穿ちながら、大鷹は揺れる乳房に顔を埋め、尖った乳首に歯を当てて扱く。

「ひ……やぁっ、だめぇ、だめです……そんなにしちゃ……あぁっ」

感じる部分を全て刺激され、紅子は悲鳴のような喘ぎ声を上げ身震いする。

「く――ますますきつくなって――蕩けそうだ」

大鷹はなにかに堪えるような声を漏らし、紅子の柔らかな尻肉をぎゅっと摑んで、叩き付けるように腰を繰り出す。

「あぁ、あぁん、あ、だめ、も……ふぁぁっ」

がくがくと猛烈に揺さぶられ、身も心もどこかに飛んでしまいそうな錯覚に陥る。思わず男の広い背中に腕を回し、肩口に顎をもたせかけぎゅっとしがみつく。

「大鷹様……ぁあ、怖い私……どこかにいきそう……」

「どこにもいかせないよ――紅子しっかり抱きついて――」

大鷹がさらに細腰を引き寄せ、二人はぴったりと密着した。

「あぁ、大鷹様……私の大鷹様……ぁ」

「紅子――いいよ――紅子」

頭の中は真っ白に染まり、もう大鷹と共に絶頂に駆け上ること以外はなにも考えられない。悩みも不安も霧散し、突き上げられるたびに彼への愛おしさが全身から溢れ出るような気がする。

「……はぁ、あ、あぁ、も……あぁ、もう……っ」

一つに溶け合った二人の肉体は、同じ鼓動と律動を刻みながら愉悦の高みへ昇りつめる。

「――紅子、紅子――一緒に――私と一緒に――っ」

大鷹が息を弾ませながら、小刻みに腰を震わせる。紅子は無意識に彼の背中に爪を立て腰を振りたくり、煌めく絶頂へ達する。

「あ、ぁ、ああ、達く……っ、あぁ、あぁぁあっ」

「――く……っ」

二人はほぼ同時に達し、びくんびくんと何度も腰を痙攣させた。どうっと熱い飛沫が、紅子の最奥に注ぎ込まれる。大鷹は全てを出し尽くすまで、幾度も腰を穿つ。そのたびに、紅子の膣襞がうねうね収斂し、精を吸い尽くそうとする。

「はぁ……んぅ、んんぅ……はぁっ」

汗ばんだ頬を染め、陶酔に虚《うつ》ろな目をして呼吸を整えている紅子の額に、大鷹がそっと口付ける。

「――素晴らしかった――紅子」

「……う、れしい……私もです」

あまりの幸福感に自分からも口づけを返す。

すると大鷹はくすぐったそうな顔をして、紅子の艶やかな黒髪を掬い上げ、そこにも口づけを繰り返す。

「ぬばたまの　黒髪濡れし夜の露　滴り落ちて　かわく間もなし」

ふっと大鷹が耳元で歌を詠む。

「まあ――」

紅子は頬をぽっと染めて恥じらう。閨の睦言を詠んだ歌だ。

「ふふ、帝にあるまじき品位のない歌だが、あなたと茵を共にする私の、偽らざる気持ちだ。あなたの心の中にしまっておいてくれ」

「はい」

どんな歌であれ、自分にだけ贈られたものだ。紅子は嬉しくてにっこり微笑んだ。

すると大鷹が眩しそうに目を眇める。

「そんな可愛い顔をするな――なぜそんなに愛らしいのだ、あなたは」

広い胸にぎゅっと強く抱きしめられると、彼の速い鼓動がどくどくと耳に響く。その脈動を感じるだけで、自分がどんなに大鷹に愛されているのか感じられ、紅子は幸せで幸せでたまらなくなる。


翌朝――。

宮中の表門である清天門の脇で、カラスの死骸が見つかったとの知らせが藤花邸に届いた。

「これは忌むべきことです。帝、ひとまずは我が屋敷にもう二、三日お籠もりになられるがよろしいでしょう。その間に徳の高い僧侶を招き、清天門の厄払いを行いましょう」

貴家の勧めで大鷹帝一行は、もうしばらく藤花邸にとどまることとなった。

それは、どうにかして大鷹を懐柔して光子を娶らせようとする貴家の策略であった。

第三章　身を尽くしても

翌日藤花家では、帝の手すさびにと競馬《きそいうま》が催されることになった。

乗尻と呼ばれる騎手が左方・右方に分かれ、二頭の馬で直線の馬場を駆け抜け、速さを競うのだ。

二町ほどもある長い馬場をしつらえることができるほどの敷地が屋敷内にあり、急遽《きゅうきょ》何頭もの馬を集められるのも、今をときめく権力者貴家ならではであった。

競馬は公家たちの間では大変人気のある行事で、噂を聞きつけた近くの殿上人たちも観覧しようと、藤花邸に我も我もと押し掛けた。

「これは見ものだ」

勇壮な行事に、年若い大鷹も心躍らせている。

「競馬など見たことがなかろう。紅子、私と共に見物しよう」

朝餉《あさげ》の席でそう誘われ、紅子も初めてのことに胸が高鳴る。

馬場は南の殿の奥庭を掃き清め、急ごしらえの埒《らち》を立てて青紫の布が巻かれた。

大鷹が観覧する席は奥庭の正面の階隠間《はしかくしのま》にしつらえてあり、その他の者には階の側の簀子《すのこ》縁《えん》にずらりと席が設けられた。

大鷹は純白の直衣に裏に二藍を重ね裾を長く引き、清々《すがすが》しく美しい装いだ。

大鷹に同伴を求められた紅子は、彼の衣装に合わせ白い表着に薄青を重ねた十二単姿である。輝くばかりの美貌の二人が並ぶと、まるで雛《ひな》人形の一対のようで、周囲の人々は羨望と感嘆のため息を漏らした。

貴家は大鷹が紅子を贔屓《ひいき》にするのを内心苦々しく思いながらも、うわべは帝のおもてなしに心を尽くしている姿勢を見せた。

まず厄払いのため、馬場へ菖蒲《しょうぶ》を奉納する儀式が行なわれた。

その役目に現れたのが、光子であった。はっとするほど艶やかな藤襲《ふじがさね》の十二単姿だ。

まるで神の使いのようなその美しさに、皆息を呑む。

貴家の光子推しはあざといくらいであったが、神聖な行事のさなかであり、誰もそれを口にはしなかった。

(本当に、光子様は抜きん出た美貌をお持ちだわ)

祖扇の陰からその姿を見つめる紅子は、素直にそう感心した。あんな気品に満ちた美しさに自分はとうてい及ばないと思いながらも、もうそれを引け目に思うことはなかった。

(私は私らしくしていればいい——そう大鷹様がおっしゃってくださった)

大鷹に愛されているという気持ちが、紅子を強くした。

彼の愛だけを信じていればいい。

たとえ身分が低かろうが田舎育ちだろうが、彼にふさわしい妻になるべくこれからうんと精進していけばいい。きっと大丈夫だ。そう思えるほどには自信がついたのだ。

やがて競馬が始まった。

左方の乗尻は赤系統、右方は黒系統の唐様の裲襠《うちかけ》装束に身を包んでいる。馬たちも派手な馬装を施され、場の雰囲気を察しているのか興奮したようにしきりにぶるぶると鼻を鳴らしている。

「わあ――馬ってなんて大きい」

馬をまともに見たのは、生まれて初めてだった。

目を輝かせて熱心に見ている紅子の様子を、大鷹は微笑ましそうに見つめる。

「競馬の馬は、乗るための調教がなされていない。まずはこの馬場を七回半往復して、乗尻は馬の性格を見極めるのだよ」

そう教えられ、紅子は恐ろしげな顔になる。

「そ、そんな荒い馬に乗るなんて――」

幼子のように怯える紅子を、大鷹は安心させるように言う。

「心配ない。乗尻の舎人《とねり》や武家衆は、皆悪馬流という乗り方を心得た者ばかりだから」

「そうなの――」

紅子はおずおずと馬場を往復する乗尻の姿を見やった。艶々と手入れの行き届いた立派な馬に跨がった彼らは、とても勇ましく格好が好い。

（大鷹様がお乗りになったら、さぞやご立派で見栄えがすることだろう。そして、大鷹様なら見事に悪馬を乗りこなしてしまうだろう――でも、帝の身ではそのような荒事は決してなさらないわね――）

幼い頃山の中で二人で戯れていた時は、まだ若鷹だった彼は俊敏な動きで、木に上ったり崖を駆け降りたりして、紅子を驚かせたものだ。今は雅《みや》びな帝となり、物静かな所作しか見せない彼の、心の奥底にある熱く激しいものを知るのは自分だけだ。

そう思うと誇らしくもやるせない思いが胸を満たす。

ふいに激しく銅鑼《どら》が鳴り、いよいよ競馬が開始された。

簀子の高欄に色取り取りの長い裾を垂らした公家たちが、どっと歓声を上げた。

二頭の馬が馬出しと呼ばれる出走地点から、同時に走り始めた。

風のような速さだ。どどどという、蹄《ひづめ》が地面を蹴る大きな地響きがする。

中間地点の鞭《むち》打ちの桜の前を通り過ぎると、乗尻は「はっ、はっ」と声を張り上げて馬の尻に鞭をくれる。馬は口から白い涎《よだれ》の泡を吹きながら、いっそう速度を増す。そのまま二頭は競い合って、終着点の競いの楓《かえで》の前を通り過ぎた。

楓の前にいる舎人が、さっと紅い扇を上げた。左方の勝利だ。

皆やんやとはやし立てる。階の下の緋毛氈《もうせん》の上に座した楽人たちが、早い調子の曲目を奏でて盛り上げる。

あまりに勇壮な風景に、紅子は息をするのも忘れて見入っていた。

「すごいわ——」

恐ろしいような興奮するような気持ちに、心臓がどきどきする。

と、大鷹が脇に控えていた望月に声をかけた。

「少し日が眩しい。御簾を下げよ」

「はっ」

するすると御簾が降りる。

こちらからは競馬の様子はよく見えるが、御簾の向こう側からはこちらが窺えないようになった。

「頬が赤いぞ、気持ちが昂ったか？」

大鷹の手が伸び、すっと紅子の頬を撫でた。ひんやりした指の感触に、ぴくんと身体がすくむ。

「——だって、こんな賑やかで心躍る行事、生まれて初めてですもの。もう胸がどきどきして……」

紅子は声を弾ませる。

「どれ――」

ふいに大鷹が袿の合わせ目に手を滑り込ませてくる。

「あっ――」

思わず声を上げそうになり、周囲をはばかって唇を引き締めた。それをよいことに、大鷹の手はそろそろと胸元を弄る。

「確かに――脈が速い」

「や……お戯れを……人目が――」

紅子が声を潜めて注意すると、大鷹は悪戯っぽく微笑む。

「だから御簾を下ろしたのだ」

わっと歓声が上がる。次の競馬が始まったのだ。心躍るような蹄の音が近づいてくる。

「あなたもどきどきしているようだが、私もひどく気持ちが浮き立つ。競馬にはそういう、人の気持ちを熱くするなにかがあるな」

大鷹が身を寄せ、顎をそっと持ち上げて掠めるような口づけをした。

「ん……ぅ、だめ……」

顔を背けようとしても、さらに何度も唇を奪われる。

ふと気がつくと、いつも側に影のように控えている望月の姿がない。

人馬が風を切って御簾の前を走り抜けていく。

「んん……んぅ」

次第に気持ちが高揚し、目を閉じて口づけを受け入れてしまう。紅子が身をもたせかけると、口づけは深いものに変わる。舌が押し込められ、口腔を舐ってくる。

「ふ……ぁ、ああ……」

ぬるついた舌がちろちろと蠢くと、身震いが下肢を走り抜けた。

御簾の外からわっと歓声と悲鳴が湧く。

紅子がぎくりと身をすくませる。かすかに唇を離した大鷹がつぶやく。

「どうやら馬同士が身体をぶつけ合い、落馬が起きたようだ」

「ら、落馬……そんな危ないこと……」

「競馬で勝つことはとても名誉なことだ。相手の走行妨害も許されている。命がけの勝負に、見る者は皆血湧き肉躍る」

大鷹が紅子の後頭部を手で抱え、激しく唇を奪ってくる。

「……んんっ、ふ、んぅっ」

きつく舌を吸い上げられ、腰が蕩けるほど感じてしまう。

御簾一枚隔てて、ふしだらな行為をしていると思えば思うほど、身体の血が熱くなってくる。

「は……ん、ふ、ふぅ……」

巧みに口腔を掻き回され、息も絶え絶えになってしまった。紅子の身体が柔らかくほどけてくるのを感じた大鷹は、胸元に差し込んだ手で胸を弄り出す。

「ぁ……や、やぁ……」

しなやかな指先が乳輪を丸くなぞり、乳首を柔らかく擦ってくる。たちまち身体がひどく昂り、胸の突起がぴくんと尖ってしまう。

「もうこんなにここを尖らせて――あなたも血が沸いているようだな」

くりくりと乳首を爪弾きながら、大鷹が押し付けた唇の隙間からささやく。

「んっ……や、やめて……」

外では次々白熱した勝負が繰り広げられているらしく、どよめきが尻上がりに大きくなってくる。観客の興奮の熱波が、紅子をあおってくるようだ。

「あ……だめ、そこ、そんなに……しちゃ……」

大鷹は巧みな指使いで、凝った乳首を摘んだり扱いたりする。その指の動きに合わせるように、紅子は豊かな黒髪を波打たせびくびくと腰を震わせてしまう。懇願するように潤んだ瞳で見上げるが、本人にはわからない婀娜《あだ》っぽい表情がますます大鷹をその気にさせてしまう。

「その目が――たまらないな」

後頭部を支えていた手がすっと下に下がり、紅袴の上から腹部や太腿の辺りを撫で回す。

「あ、あっ、そこ、触っちゃ……だめっ……」

感じやすい太腿に手が這い回ると、ぞくっと背中が戦慄いてしまう。

「もっと他の場所に触れて欲しいか？」

悪戯な手が、素早く袴の腰紐を解いてしまう。

「やっ……ちが……あっ」

温かい手が柔らかな尻肉に直に触れ、撫で回したとたん、甘やかな痺れが湧き上がりぶるりと全身が震える。

「だ……め、あぁ、あ……」

しなやかな指先が秘裂を掠めて擦ると、紅子は腰砕けになって大鷹の袂に縋り付いてしまう。

それ以上悪戯されないように、きゅっと太腿に力を込めて閉じようとするが、力強い指はなんなく蜜口まで潜り込んできた。

「あ、ぁ、そこは、だめ……っ」

二本の指が秘裂を押し開き、長い中指がじっとり濡れた媚肉に触れてくると、焦れた疼きが湧き上がり、紅子はびくんと身をすくませた。

「う……ぅ、だめ、しないで……」

頬を染め胸元に顔を押し付けて首をふるふる振るが、指先はくちゅくちゅと蜜口をいやらしく掻き回す。

「わかっているよ、可愛い紅子——すっかり濡れているのが恥ずかしいのだね」

大鷹は忍び笑いを漏らしながら、熱を持った紅子の耳朶を甘噛みする。濡れた唇の感触にまでひどく感じてしまい、紅子は身悶える。

「んんっ、そんなこと、あぁ、私……っ」

感じやすい乳首を弄ばれ、ひくつく淫唇をぬるぬると擦られ、耳朶や耳孔をねっとり舐られ、紅子は小さく喘ぎながらとめどなく愛蜜を垂れ流してしまう。

「ああこんなに濡れて——いっそ御簾を上げさせて、紅子のこの色っぽい姿を皆に開帳したいほどだ」

「ひ……やぁっ、だめ、それはいやぁ、あぁっ……」

衆人環視の中に指戯で乱れている自分の姿を晒すと想像するだけで、全身が羞恥でかあっと燃え上がり、ひくんひくんと淫襞が蠢いてしまう。だが、はしたない声を上げては、皆に気づかれてしまうかもしれない。慌てて口元に袖を当て、声を抑えようとした。

「どうした？　こんなに私の指を締めつけて——いけない姫君だ。恥ずかしいのが大好きなんだね」

大鷹がくちゅくちゅと淫靡《いんび》な音を立てて秘裂の中を掻き回す。とろりと大量の愛蜜が流れ出すのを押しとどめる術もなく、紅子はいやいやと首を振る。

「……やぁ……違う……のぉ」

「正直に言ってごらん。私の紅子。恥ずかしくされるのが、好きだろう？」

さらに深く指を突き入れられひりつく媚壁を何度も擦り上げられると、じくじくした甘い疼きが全身を駆け巡り、もう抗う気力がなかった。

「んぅん、あ、は、はい……」

切ない声で答えると、大鷹の指がご褒美とばかりに充血しきった秘玉をころっと転がした。

「……ぅ……くぅ……くっ……」

びりっと脳芯に鋭い愉悦が走り、思わず甲高い声を上げそうになり、紅子は必死で自分の袖口を噛んで堪える。

「可愛い花芽が待ち焦がれたように尖りきって――」

くりくりと秘玉を捏ねるように弄られると、感じきった下半身がびくびくと跳ねる。

「……っ、は、やぁ、しないで……もう……っ」

あられもない喘ぎ声が御簾の外に漏れないように、紅子はぎりぎりと袖を噛み締める。

「おや、とうとう最終試合になったようだ」

秘玉を転がしながら、大鷹がわずかに顔を上げる。

力は左方右方、互角らしい。

見物客の興奮が頂点に達している。それぞれが贔屓の乗尻に声をかける。

「赤！　赤！」

「黒！　黒！」

歓声が怒濤《どとう》のように押し寄せ、愉悦に霞む紅子の頭にうわーんと反響する。

「紅子は、どちらが勝利すると思う？　私と賭けないか？」

指戯を続けながら、大鷹が耳孔に熱くささやく。

「ど、どちらが……？」

「そうだ、私が負けたらすぐに達かせてやろう。でも、もし私が勝ったら——」

大鷹が悪戯っぽく言う。

「なんでも私の言うことをきくのだよ」

「は……はい」

今まで紅子は大鷹の言うことに逆らったことなどない。どう考えても大鷹に都合の良い賭けだったが、もはや脳芯が煮え立ちそうなほど欲情している紅子には、有無はなかった。

「では、私は赤だ。紅子は黒、いいね？」

「んんっ……は……ぃ……っ……っぅ」

こくりとうなずくと同時に硬く尖った花芯をきゅっと摘まれ、軽く達してしまった。

どーん、と銅鑼の音がする。

向こうから力強い蹄の音がどんどん近づいてくる。

大鷹は弾くように膨れた秘玉を転がしながら、ひくつく濡れ襞にぐっと指を押し入れ、ぐちゅぐちゅと抜き差しした。

「ひぅ、く、くぅ、ふぅ……」

待ち焦がれた喜悦に、隘路がきゅうっと指に絡み付き、知らず知らず腰を振り立ててしまう。押し殺した声が、喉奥でくぐもって響く。

地揺れのような蹄の音。「はっ、はっ」という乗尻のかけ声。ぴしりぴしりとうなる鞭。馬のひゅうひゅういう鼻息。それらが一瞬のうちに、御簾の前を通過していった。

大鷹の指の抽送が速くなる。

「くぅ、う、は、ふ……うぅうっ」

甘く濃密な愉悦がぐぐっとせり上がってくる。嚙み締めている袖口が溢れた唾液でびしょ濡れだ。

どうっと歓声と怒声が響き渡った。

勝負がついたのだ。そのとたん、大鷹は秘玉とその裏側の膣壁を同時に擦り上げた。紅子の瞼の裏で赤い火花が散る。

「っ……やぁ……っ、くぅ……ぅうぅっ」

ぶるぶると全身を痙攣させて、紅子は達してしまう。さっと大鷹が指を抜くと、びゅっと透明な潮が吹きこぼれ、袴を淫らに濡らした。

「赤！　赤！　赤！」

人々が絶叫している。

大鷹は畳にくずおれそうになった紅子の身体をそっと支え、その耳元でささやく。

「どうやら、赤が勝者らしい。私の勝ちだね、紅子」

華奢な肩を震わせて喘いでいた紅子は、感じすぎて涙目になってかすかにうなずく。

「は……い……お好きなように……」


大鷹が競馬の勝者に禄《ろく》を授け、行事は滞りなく終了した。

奥殿の廂に引き取り茶菓を振る舞われて一息ついていると、貴家が縁側に現れた。

「競馬はいかがでございましたでしょう？　にわか造りの馬場で、お見苦しかったことと思いますが」

「いや、たいそう見事な催しであった。さすがに天下の藤花家だと感銘も新たにした」

大鷹の言葉に、貴家は深々と頭を下げる。

「今宵は十六夜《いざよい》の月にてございます。後ほど水を張った角盥《つのだらい》と、酒と酒肴をお持ちいたしましょう」

大鷹は鷹揚《おうよう》にうなずく。

「おお、月見には好い晩だ。ありがたい」

それから御簾の向こうにいる紅子に声をかけてくる。

「紅子、今夜は月見を共に楽しもう」

「はい」

大鷹と一緒に月見をしたことがなかった紅子は、胸をわくわくさせて答えた。

その様子を眉根を寄せて貴家がうかがっている。

戌《いぬ》の刻を過ぎると、遅い十六夜の月が空にくっきりと浮かび上がった。程なく、水を張った角盥や酒肴を載せた螺鈿蒔絵《らでんまきえ》の高台を持った女官を連れて、光子が簀子まで現れた。

「お月見をなされませ」

御簾を通して聞こえてくる光子の澄んだ声に、紅子ははっとする。間近で見る光子は、御簾越しでも抜きん出た容姿であるとはっきりわかる。もう心迷わないと決めたのに、こうして本人を目の前にすると心がざわついてしまう。

「わざわざ感謝します。昼間の供物を捧げた光子殿は、輝くばかりでありました」

大鷹が労《いたわ》るように声をかけると、光子は深く頭を下げる。

「もったいないお言葉です」

「こちらはもうよろしいです。次の間に望月が控えておりますので彼に声をかけて、私の陪従たちにも酒を振る舞い、月見を楽しむようにお手配ねがえますか？」

光子は心持ち顔を赤らめた。

「承知いたしました」

彼女は美しい所作で立ち去った。

紅子はかすかにため息をついた。あのような洗練された仕草を身につけるには、まだまだ時間がかかる、と思う。

「紅子、もう誰もおらぬ。簀子の近くまでおいで。月が美しいよ」

大鷹に声をかけられて、おずおずと御簾を上げる。

見ると簀子の上に水を張った大きな角盥が置かれ、その側に大鷹がゆったりと腰を下ろしている。

「あの——でも、私がそんな端近に出てもかまわないの？」

以前なにも知らずに渡殿の端近まで出てしまい、女房たちに嘲笑されたことを思い出す。

「かまうものか。帝の私がいるこの奥殿まで来る者はいない。あなたとしっぽりと月見をしたいのだ」

「はい」

優しく促され、そろりと簀子の端近まで出た。

精巧な螺鈿細工を施した大きな角盥に張った澄んだ水の上に、ゆらゆらと十六夜の月が揺れている。

「まあ、なんて美しい——」

思わずため息を漏らす紅子に、大鷹はつぶやくように言う。

「私はね、満月よりも、この少しだけ欠けている十六夜の月の方が好みだ。満月はあまりに完璧すぎる。あとは欠けていくだけという哀《かな》しみもある。それよりも、十六夜の月の趣のある慎ましさが、とても好きだ」

まるで自分と光子のことを言われているようで、紅子ははっと顔を上げた。

大鷹が慈愛に満ちた顔でじっと見つめている。

彼の思い遣りがじんわりと心に沁みてくる。紅子は頰を染めて銀の片口銚子を手に取ると、大鷹の銀杯に酒を注ぎ足した。

「さすがに藤花家だ。舌の上で蕩けるような酒だ。紅子も少しお上がり」

自分の使った杯を差し出され、紅子は手を振って断ろうとする。

「いいえ、めっそうもない。それに、お酒って苦くて美味しくないもの」

子どものようなことを言う紅子に、大鷹は微笑む。

「大丈夫、これは甘露のように口当たりが良いぞ」

手酌でほんの一口杯に注ぎ、差し出す。紅子はこわごわ受け取り、そっと口に含んでみた。

ふわりと花の香りのような甘い匂いと滑らかな舌触り。思わずこくりと喉を鳴らして飲み下す。とたんに、かあっとお腹の底が火が付いたように熱くなる。

「……とても美味しいです」

杯を空にして大鷹に返すと、彼は悪戯っぽい目つきになる。

「なんだ、下戸だと言いながらけっこういける口ではないのか？　もう少し呑め」

「い、いいえ、もう酔ってしまいます」

すでに全身がかっかと火照ってくる。口当たりは良いが、かなり強い酒だった。すると大鷹は、

「遠慮するな。では私が呑ませてあげよう」

と、ぐっと杯をあおるとそのまま唇を覆ってきた。ひんやりした酒が口移しで注ぎ込まれる。

「んんっ……ごく……」

逆らうこともできずそのまま嚥下《えんか》すると、頭がぽっぽっとして体温が急激に上がってきた。

「そら、頬も首筋も名前のごとくいい色に染まってきた」

大鷹が嬉しそうな声で言う。

「や……ひどいです、私……なんだかふわふわして……」

あっという間に酔ってしまった紅子は、艶かしい表情でぼんやり見上げる。その顔を眩しそうに見つめていた大鷹は、ふいににこりとした。

「そうだ、紅子。昼間の競馬で私が勝ったら、なんでも言うことをきくと約束したね」

「あ……はい」

「では――簀子に出て着物を脱いでごらん」

「な……！」

ただでさえ火照っている身体が恥ずかしくてかっと熱くなる。

「約束したろう。さあ」

言い募られ、紅子はふらふらと立ち上がった。酔ったせいだろうか、いつもより羞恥心がずっと薄れていた。

そろそろと簀子まで出た紅子は、十六夜の月を背にゆっくりと唐衣を脱いだ。

「もっと、もっと脱ぐのだ」

言われるまま、表着、打衣、重ね袿と一枚また一枚と脱いでいく。

しゃらしゃらと衣擦れの音を立てながら、色取り取りの袿が床へ落ちていく。その幻想的な様を、大鷹はひたすら凝視めている。

とうとう小袖と紅袴だけになってしまう。紅子はさすがに堪えられず、小刻みに震えて訴える。

「も……これで堪忍してください」

ほろ酔い加減の大鷹は、断固として首を振る。

「全部だ、紅子。全てを見せて」

「あ……そんな……」

酔いと恥ずかしさで頭が煮え立つようだ。恨みがましく大鷹を睨んでも、彼は微笑むばかり。

恥ずかしくてたまらないのに、なぜか下腹部の辺りに切ない疼きが生まれてくる。

（お酒のせいだわ――私、ひどく酔ってる）

頭の隅でぼうっと思いながら小袖を脱ぐと、たわわな乳房が弾むようにまろび出た。とうとう最後の一枚の袴の腰紐を解いてしまう。すとんと袴が床に落ち、紅子は生まれたままの姿でそこに立ちすくむ。

「なんと――美しい」

大鷹が息を呑んだ。

煌煌とした月明かりの下で、真っ白で染み一つない身体が浮かび上がるようだ。

紅子は手で乳房と股間を覆って、うつむいて立っていた。

月光と大鷹の視線が、幾千もの針のようにちくちく全身に突き刺さるような気がする。それが異様な興奮を掻き立て、隘路の奥がきゅっと締まるのが恥ずかしくてならない。

「ほんのり桜色に染まって――まるで月の女神のようだ」

大鷹が感嘆の声を上げる。

「や……大鷹様……もう、いいですか？」

紅子が小声で言うと、彼が首を振る。

「まだだ。そこで自分で慰めてごらん」

一瞬なにを言われたか理解できず、ぽかんとする。

「な、慰め……？」

「自分で気持ち好くなるよう、秘所を弄るのだよ」

紅子は息を呑み、頭にどっと血が昇り沸騰するかと思った。

「そ、そんなこと、できません……！」

ぶるぶる震えながら言い返すが、大鷹は断固とした口調になる。

「私の言うことはなんでも従うのだろう？　約束を違《たが》えるのか？」

その場で卒倒しそうなほど頭がくらくらする。目に浮かぶ羞恥の涙を堪え、紅子はかすかにうなずく。

「わ……かり、ました……やりますから……」

おずおずと両手を下肢に伸ばす。薄い茂みを指で弄る。

そんな恥ずかしい部分に、自分で触れたことなど一度もなかった。

「あ……」

柔らかな太腿をわずかに開き、細い指先でそっと秘所を押し広げる。蜜口にすうっと外気が流れ込む感触に、背中がぞくりと震える。淫唇を開き、軽く熱い粘膜を辿《たど》るとぬるりと滑る。

「あっ……」

びくんとして指を引っ込めようとすると、大鷹がぴしりと言う。

「そのまま、続けて」

「う……うぅ……」

濡れている。大鷹に見られているというだけで、新たな蜜がとろりと奥から溢れてくる。こんなに自分が濡れるものだとは思わなかった。その愛蜜を指で受けて、捩れ合わさっている媚襞を上下になぞってみる。

「あ、はぁ……っ」

甘い疼きに腰が引けそうになる。信じられないが、自分で触れても気持ち好い。

「赤くなって──美味しそうに濡れ光ってる──もっと指を、回して」

「ぁ、あ、はい……」

言われるままに指を蠢かすと、くちゅくちゅと粘ついた音が立つ。

「くぅ……ふ、あ、やぁ……」

耳を塞ぎたいくらい恥ずかしいのに、自分でも指を止められない。感じる箇所を探って、ぬるぬると指で辿っていくと、快感が背中を駆け昇る。

「は、はぁ……んっ、んぅ……」

淫らな喘ぎ声が唇から漏れてしまい、必死で歯を食いしばろうとした。

「そう、いいよ──とても艶かしい」

大鷹は満足げにうなずく。

「ふ……くぅ……んんっ……」

感じていることを気取られたくなくて紅唇を嚙み締めると、逃げどころを失った劣情が身体中を駆け巡り、ますます昂ってしまう。

「指を、中に挿れてごらん」

言われるまま、ぬるりと膣襞の中心に中指を押し入れる。

「ん、ふっ……ぅん」

甘い疼きで腰が浮きそうになる。

「あ、熱い……ぁあ、ここ……熱いの……」

ひくんと隘路が蠢いて、指をきゅっと締めつける。

「……あ、や……はぁ……」

とろりと愛蜜が淫襞の狭間から流れ出し、掌をねっとり濡らす。

「いいよ、もう一本挿れて」

人差し指を揃えてぐっと突き入れてみると、切なく疼く媚肉がきゅんと収縮する。

「あ、締まる……あぁ……ん」

思わず指で中を掻き回すと、得も言われぬ快感が湧き上がり、止められなくなった。

「……んぅっ……はぁう……んんぅ……」

ぐちゅぐちゅと淫猥な音が尻上がりに大きくなっていく。

「そうだ、上手だ。気持ち好いか?」

大鷹の声が艶めいている。

「ふぁ……は、はい……あぁ、気持ち、好いです……」

恥ずかしい。こんな淫らな行為に耽って、気持ち好くなる自分が恥ずかしくてたまらない。なのにやめられない。酒のせいなのか、いつも大鷹の指で弄られるより、もっと感じてしまう。耳孔の奥でどくどく脈動の音が響く。

「乳房も――自分で揉んで。私がいつもするように、やってごらん」

「う……ぁあ、あ、こ、こう……？」

右手で陰部を弄りながら、左手でまろやかな乳房を撫で回す。自分の淫蜜でぬるつく指先が、つんと尖った乳首に触れたとたん、怖気のような喜悦が下腹部に走り、びくりと全身が戦慄いた。

「やぁ、だめ……あぁ、感じちゃう……」

硬く凝った乳首をなぞりながらひくつく膣襞を擦り上げると、下肢が蕩けてしまうほど気持ち好い。

「ふぁ……やぁ、どうしよう……やだぁ……」

次第に自慰に熱がこもり、やめることができない。自分の指の生み出す快感に、びくびくと身体が跳ね、もはや喘ぎ声を抑えることなどできなかった。

「ああ、なんて淫らで美しいのだろう――私の紅子」

大鷹の声が情欲で掠れている。

「や……見ないで……恥ずかしい私を……いやぁ……」

この痴態を余すところなく晒していると思うと、とても大鷹の顔をまともに見られず、目をぎゅっと閉じてしまう。するとさらに感覚が鋭敏になり、愉悦が溢れてくる。

「素晴らしい――紅子、淫らに達くところを見せておくれ」

紅子は火照った全身を震わせながら、かすかに瞼を開き潤んだ瞳で縋るように彼を見る。

「んぅ……あ、どうしたら……自分で、達けるのですか?」

身体中が快感で煮え滾っているが、あともう少しのところで達するまでにはいかない。その焦れが、苦痛なほどになる。

「花びらの上の、あなたの小さなお豆を弄ってごらん」

「……ん、んん、あぁ、これ……ですか?」

ひくひくとひりつく秘玉を探り当て、指の腹で転がしてみる。とたんに腰が砕けそうなほど激しい喜悦が走った。

「ひ……っ、あぁ、やぁ、なに?　これやあっ……っ」

四肢に力が入らず、前のめりに床に膝を突いてしまう。

「わかるだろう?　そこがあなたの一番感じやすい、小さな部分だよ。さあ、そこに尻をついて、淫らに達するところを、全てを私に見せて」

「んぅ、は、はい……」

もはや抵抗する気力はなかった。

早くこの焦れた劣情から逃れたくて、言われるまま袿の上に白い尻を落とし、大鷹に向けて両脚を大きく開く。

「はぁっ、あっ、あっ、ああぁっ」

ぐちゅぐちゅと媚肉を掻き回し、じんじん疼く秘玉を転がし、灼け付くように熱い乳首を擦り上げる。どうっと大量の愛蜜が噴き出し、股間も太腿も弄る掌もぐっしょり濡れそぼる。

「んんぅ……やぁ、溢れて……あぁ、恥ずかしい……のに……ぃ」

白い喉を仰け反らし、夢中で手を蠢かして絶頂へ駆け上ろうとする。

「あぁん、あっ、あぁっ、はぁう……っ」

膣襞が物欲しげに軋む。もっと大きくて太いもので満たして欲しくて——。でもそんなはしたないことは、口にできない。

「も……ぁあ、も、だめ……あぁ、だめ……」

開いた膝ががくがく震える。

「いいよ——紅子、美しいよ、紅子」

いつの間にか立て膝で近づいてきた大鷹が、股間に顔を寄せてくる。

「甘くいやらしい、男をおかしくさせる香りだ」

彼が深く息を吸う。

「み、見ないで……そんな、あぁ、いやぁ、いやぁああっ」

間近でなにもかも見られている羞恥が、快感に追い打ちをかける。ぬるついた指の動きがいっそう速くなる。

「んぅ、あ、あぁ、あっ、い……達……く、あぁ、だめ、だめぇええっ」

頭が真っ白になり、腰がびくびくと痙攣する。

「あぁ、あああぁあっ、あぁああん……っ」

ひゅうっと喉が鳴り、身体が硬直する。

一瞬、気が遠くなった。

「ふ……はぁ、はっ……あ、はぁあ……っ」

仰け反ったまま息を短く吐くと、指を呑み込んだ淫唇がひくひく開閉を繰り返し、とぷりと大量の潮を噴き出した。

「初めての自慰で達ってしまったね」

大鷹が熱っぽい声を出して、極めたばかりの紅子の顔を見つめる。

「ふ……ぁ、あ、達っちゃったの……私……恥ずかしい……」

たわわな乳房を上下させ、まだ指が名残惜しそうに媚肉をなぞっている。

「紅子、立って」

なにかを思いついたのか、大鷹が紅子のほっそりした腕を優しく摑んで引き立たせる。

「あ……？」

まだふらつく足で立ち上がった彼女に、大鷹はぞくっとするほど色っぽい表情で言う。

「あなたは自分の秘所がどんなに美しく淫らか、見たことがないだろう？　なんともったいないことだ。さあ、ゆっくりそこの角盥を跨いで」

「え？　な……」

わけがわからないままに、十六夜の月を映している水を張った角盥を、おそるおそる跨ぐ。

「指で秘所を開いて、足元を見てごらん」

言われるまま陰唇に指をあてがってぱくりと開き、おずおずと視線を足元に下ろす。

「っ……きゃ……っ」

息が止まりそうなほどの衝撃を受ける。

鏡のように澄んだ水面に、自分の真っ赤に熟した秘所がはっきりと映っていた。

「や……っ」

思わず目を背けようとすると、大鷹が素早く命じる。

「しっかりと見るんだ」

「あ……あぁ……」

紅子は目を潤ませて、言われた通りにする。濡れ光る蜜口は鮮やかな紅色で、白い指とくっきりと対照的だ。息をするたびに、開いた膣腔がぴくぴくと収縮を繰り返し、まるで別の生き物のようだ。

「……ふ……」

じっと見ているとあまりに淫らすぎて、くらくらする。

「開きたての蓮の花のようだろう？　あなたの一番はしたなく一番感じやすい場所だ」

「や……言わないで……」

自分の身体の一部なのに、妻になるまでほとんど知らないでいた場所。禁忌で淫靡な器官なはずなのに、大鷹の指や肉棒を受け入れるたびに、快感を生み出す感じやすいものに成り代わり、今では心から愛おしい。じわじわと新たな劣情が子宮の奥から湧き上がってくる。

ぴちょん、と水面に愛液が滴り落ちた。

「あっ……」

紅子は我に返って耳朶まで真っ赤に染めた。

「いけない子だね——また感じてしまった？」

大鷹が背後からそっと抱きしめてくる。

「や……だめ……」

彼の温かな体温を感じると、ひくんと隘路が反応してしまう。大鷹の手がゆっくり下腹部を撫で回す。

「ここに、欲しい？」

しなやかな指がくちゅりと秘裂を暴き、ぬるぬると撫で上げる。

「ひ……ぅっ」

腰が砕けそうなほど感じてしまい、ぶるりと身じろぐ。

「だめ、弄らないで……あぁ……」

自慰で極めたばかりの媚肉は、わずかな刺激で物欲しげに蠢いてしまう。

「私の指をきつく引き込んでくるよ、紅子。私が欲しい？」

「く……ふ、やぁ……ああ、だめぇ……っ」

濡れた指が秘玉の包皮を捲り、尖った花芯を抉じり出すと、爪先まで甘い痺れが走りもう少しも堪えられない。

「……ほ、欲しい……です」

紅子は誘うように腰をくねらせる。袴越しにも大鷹の硬くそそり立つ灼熱を感じ、身体が再び昂ってくる。

「いい子だ」

大鷹は片手で媚肉を擦りながら、もう片方の手で器用に袴を寛げた。

「さあ、足をもっと開いて。そして角盥をよく見ているのだよ」

尻肉の狭間に太い肉楔の熱を感じ、紅子は焦れて言われるままになる。

「動かないで——あなたの淫らな花唇に、私のものが挿入っていくよ」

「あ……ぁあ」

紅子は目を見張る。

濡れ光る淫唇に、じわじわと笠の張った亀頭が押し入ってくる。滾ってそそり立つ先端がぬるぬると蜜口を擦ると、子宮の奥がずきんと蠢く。ひくつく濡れ襞を押し広げるようにして、膨らんだ先端がじわじわと侵入する様を紅子は目の当たりにした。

「く……う、ぁあ、嘘……挿入っ……ちゃう……っ」

あんな太く逞しいものが、自分のこぢんまりした秘所にどのようにして受け入れられるのか。目一杯拡がった陰唇は、苦もなく男の屹立を嬉しそうに呑み込んでいく。なんと卑猥で神秘的なのだろう。

「熱い——蕩けてしまいそうだ」

背後から紅子の腰を支え、根元まで深々と挿入した大鷹はうっとりしたため息をつく。

「あ……すごい……挿入って……あぁ……」

全てを受け入れぴったりと結合した粘膜を見つめていると、羞恥と興奮で目眩がしそうだ。

「見えたか？　紅子、私たちの秘密の部分を——少し動くよ」

大鷹は腰をぐぐっと引く。

「はぁ、あっ……」

淫襞を絡めたまま自分の愛液で濡れ光る赤い肉胴が現れる。その淫猥すぎる様に、さすがに紅子は凝視できない。

「……ぁ、大鷹様……もう、もう堪忍して……私、堪えられない……」

頬を真っ赤に染め首を振りながら、大鷹を振り返った。潤んだ黒い瞳で熱く凝視めると、大鷹が眩しそうに目をしばたく。

「ああ紅子、そんな目で見られたらたまらない。私はあなたを愛《め》で殺してしまいそうだ――」

切ない声で言いながら、ふいに彼は背後から紅子の膝裏を抱え上げた。

「あっ、きゃ……っ」

繋がったまま軽々と身体が宙に浮き、紅子は悲鳴を上げる。

「や……下ろして……恐《こわ》……い、ぁあっ」

「大丈夫、しっかり抱いていてあげる」

そのまま大鷹は縁側まで移動する。

綺麗に掃き清められた奥庭の白砂が、月明かりで眩しいほど光っている。紅子は高欄に押し付けられる形になり、身悶える。

「やあっ、こんな……お庭が……ひ、人が……っ」

「誰もいない――奥殿は私とあなただけ――警邏《けいら》の者は気配を消している」

それではどこかに潜んでいる者がいるのだ。こんな淫らな姿を誰かに覗かれているのかと思うと、紅子は恥ずかしさで卒倒しそうだ。

「ひど……い、下ろして、離して……恥ずかしいっ」

「なにを恥じらう──こんな美しく感じやすい女人を独り占めできるのは私だけだと、天下に知らしめたいくらいなのに」

大鷹が薄い耳朶を甘噛みする。濡れた舌が、うなじをつつぅーと舐め下ろす。背徳な行為にぞわっと総毛立つ。それが興奮なのか嫌悪なのか、紅子には判断できない。ただ、媚肉はますます疼いて、男の肉茎をきゅうきゅう締めつけてしまい止められない。

「すてきだ、紅子、動くよ」

「んぅ、だめぇ、ああ、やぁ……っ」

脈動する肉胴が、ずるりと根元まで抜け再びぐぐっと押し入った。隘路の奥からせり上がる喜悦に仰け反ってしまう。思わず高欄をきつく摑み、甘く喘いでしまう。

「十六夜の月に、私たちの愛する姿をとくとご覧にいれよう」

真下から子宮口を抉るように腰を押し回しながら、大鷹は抽送を開始する。

「……んぁ、あ、だめ、そんなに……しちゃ、ぁあっ」

ずちゅずちゅと膨れた肉楔が膣襞を擦り上げる卑猥な音が奥庭に響き、紅子は首をぶるぶる振って身を捩る。しかし逃れる術はなく、ただ大鷹のなすがままに愉悦の波に引きずり込まれていく。

「は、ふぁ、んんぅ、あぁ、あぁぁあぁん」

ごりごりと疼く濡れ襞を穿たれ、はしたないほど泡立った愛蜜が溢れてくる。

「ふ——紅子、締まる——好いのだな」

華奢な紅子を抱え上げたまま、剛直した欲望が縦横無尽に快楽の源泉を責め立てた。

「やぁ、あぁ、だめ、いやぁ、しないで、もう……っ」

愉悦の涙で月がおぼろに霞む。

嫌なのに、逃げたいのに——なのに信じられないほど官能が燃え上がり、蠕動《ぜんどう》する淫襞が貪欲に肉茎に絡み付いて離さない。

これは淫夢だ。

月光は人をくるわせる魔力があると、聞いたことがある。

自分も大鷹も、月の淫らな妖力に惑わされているのだ。

だから今の自分は自分ではないのだ。そう思い込むと、紅子の心の枷《かせ》がひとつひとつ外れていく。今の二人は淫魔に取り憑《つ》かれているのだ。

「……ぁあ、あ、大鷹さ、ま……あぁ、こ、壊れて……はぁあっ」

紅子はなりふり構わず喘ぎ声を上げ続ける。半開きのままになった紅唇の端から、溢れた唾液が滴り落ちる。

「紅子——私の全てをあなたに——」

大鷹が低い声でそういうと、さらに深く速く腰を穿ってくる。

「んあぁ、やぁ、壊れ……ぁあ、深い、あぁ、すごい……っ」

激しく揺さぶられ、長い黒髪がおどろに舞う。

最奥まで突き上げられるたびに、激しい衝撃で脳裏が真っ白に染まる。嬌声を上げるたびに腰が強くいきんで、さらに奥へ奥へと引き込もうとする。

「ああ締まる——どうしようもなく感じているのだね」

大鷹は高欄にぐっと紅子の裸体を押し付けると、腰をぐりりっと押し回すようにして子宮口まで抉り、喜悦に咽び泣く紅子をさらに追いつめようとする。

「ひぅ、あ、もう、変に……ぁ、ああ、もっと……ぁあ、もっと……ぉ」

断続的に襲ってくる絶頂の熱い波に、もはや意識も薄れ、自分がどんなに卑猥な言葉を叫んでいるかすらわからない。

ただ大鷹が欲しくて、もっと感じていたくて——。

「いいとも、紅子——」

大鷹はさらに紅子の両脚を大きく広げ、いきり立った肉楔を最速で抜き差しする。ばつんばつんと粘膜の打ち付ける音とぐちゅぬちゅと愛蜜の弾ける音が混じり合い、静かな月夜の空へ消えていく。

「あ、あっ、いぁ、あ、も、だめ……あぁ、だめぇ……っ」

高欄を握りしめた両手が感極まってぶるぶる震えた。

「ぁあ、あぁん、あ、また達く……ぁあ、また……んぅ、お、終わらない……あぁ、大鷹様、許して……っ」

快感に脳みそがどろどろに溶けてしまったようだ。これ以上はもう堪えられない。息が止まりそうだ。

「や……も、し、死んじゃう、私……あぁ、どうしたら……ぁあぁあっ」

紅子は総身を捩り、腰をがくがくと痙攣させた。

めくるめく法悦で意識を失いそうになる。

「愛おしい——愛おしい、紅子、紅子」

ふいに大鷹のものが最奥でぶるっと震え、さらに膨れ上がった。

「あぁあ、あぁあぁあっ、あぁあぁあぁっ」

紅子が大きく仰け反って最後の絶頂を極めたと同時に、男の精がびゅくびゅくと弾ける。

「……あぁ、熱い……ぁあ、いっぱい……熱い……っ」

膣内が熱く大量の白濁で満たされる。

硬直していた身体が一瞬で弛緩し、生汗がどっと噴き出す。

「——こんなに燃え上がった紅子は、初めて見た」

荒い息を継ぎながら、大鷹がちゅっと耳朶の後ろに口付ける。

それから紅子の足を下ろすと同時に、萎えたものが引き抜かれる。

「あ、うぅん……っ」

その喪失感にまた感じ入ってしまう。

解放された紅子は全身に力が入らず、くたくたと床に倒れ込んでしまった。緩んだ蜜口から、どろりと男の精と自分の体液が混じったものが溢れ出す。

「紅子――」

大鷹が跪いてそっと抱きしめてくる。

「私の……大鷹様……」

紅子はまだ愉悦に酔いしれた顔を向けて、そっとささやく。

「そうだ――あなただけの私だ」

大鷹が啄むような口づけを繰り返す。

「離さないで……ずっと」

「離さないよ――私の紅子」

二人は唇を食《は》むような優しい口づけを何度も繰り返した。

その時、わずかに湧いた黒雲が十六夜の月に影を落とした。

互いを見つめ合う二人は、その不安な予兆に気がつかなかった。

藤花邸の南殿では、こめかみに血管を浮かせた貴家がぐびぐびと酒杯をあおっていた。

「なんということだ――!」

貴家はたった今、間諜《かんちょう》からの報告を受けたばかりだった。光子を帝の寝所に赴かせることはかなわなかったのだ。

幾度と光子を帝の元へやったのに、体よくかわされてしまった。

「これほどまでに歓待し、光子をお披露目したのに――! 帝は光子に目もくれないというのか! それほど、あの田舎娘が好いというのか!」

自慢の娘と共に自分まで貶《おとし》められたようで、貴家は怒り心頭であった。

「叔父上、心鎮まられよ」

向かい合って酒を酌み交わしていた路綱も、口ではそう言ったもののさすがに焦躁《しょうそう》感を隠せない。

「あの溺愛ぶりでは、すぐにでも稚児《ややこ》を孕《はら》んでしまうぞ。皇太子でも生まれてみろ。そうしたら、帝はあの小娘を正妻に据えるに違いない」

貴家は脇息に載せた拳をぎゅっと握りしめる。

「もはや悠長なことは言っていられませんな」

路綱はどすの利いた低い声で言う。

「要するに、あの小娘がいなくなればよいのです」

貴家がぴくりと太い眉を上げた。

「――ふむ、してその意味は？」

路綱は顔を寄せて、さらに低い声で言う。

「帝はまだお若い。あの小娘さえ消えれば、すぐに、若く美しい光子に食指が伸びますとも」

貴家も声を潜める。そして目を剣呑《けんのん》に光らせた。

「――そなたに頼めるか」

路綱は二重顎を深くこっくりさせる。

「お任せください。私は宮中に手だれを何人も潜り込ませております。少し手荒な手を使いますが、よろしいでしょうか？」

貴家はにやりとする。

「かまわぬ。そなたに任そう」

路綱が頭を下げた。

「ではまず、あの小娘を忌むべきものにしてしまいましょう。帝のお側にいられないようにすればよいのです。内裏に二度といられないようにするのです」

貴家がなるほどとうなずく。

「ふむ、それが上手くいかねば――」

すかさず路綱が引き取る。

「仕方ありません。この世から消えていただきましょう。こういう時、後ろ盾もない身分の低い貴族の娘でかえってよかったです。五条ごときでは我らにたてつくことなど、できませんからな」

「ふふっ、お前も相当にずる賢いな」

「はは、叔父上ほどでは――」

二人はそっくりの悪辣な笑みを浮かべ、杯を交わした。

第四章　夜もすがら

行幸から戻った大鷹《おおたか》は、朝廷の行事である国家的な祭り——花葵祭《はなあおいまつり》の準備に追われた。

花葵祭は、流鏑馬《やぶさめ》を始め様々な催し物が執り行なわれるが、中でも鴨野神社《かものじんじゃ》までの二里の大通りを、勅使代を先頭に、各官職の者が美しく装い紅《あか》い葵の花で飾り立て、輿《こし》や牛車《ぎっしゃ》や騎馬で進む路頭の儀は壮麗な見もので、貴族始め庶民もこぞって見物に繰り出す。

朝廷の威光を示す祭りでもあり、大鷹は昼夜を問わずその準備に忙殺されていた。

それでも紅子《べにこ》は毎晩のように帝《みかど》の寝所へ御呼びがかかった。

「どんなに疲れていても、あなたの顔を見れば生気が蘇《よみがえ》るのだ」

大鷹はそう言って紅子を愛《め》でてくれる。

幸せだ。幸せすぎて辛《つら》いほどだ。

(でも最近、お疲れが溜《た》まっていらっしゃるみたい。なんとかお慰めできるといいのに——)

紅子は彼の気持ちに応えて、ただ身を任すのではなくなにかご奉仕できないものかと密かに心痛めていた。

いよいよ花葵祭の路頭の儀の日になった。

空気は澄み抜けるような青空で、まさに行列日和であった。

大通り沿いに、行列を見物しようと女房たちの乗った牛車がぎっしりと並べられている。

庶民たちも立錐《りっすい》の余地もないほど沿道に立って、今や遅しと行列の来るのを待っている。

紅子もその日は行列を見物することになっていた。見物しやすい場所取りをするため、夜明け前から檳榔《びんろう》毛の車で出ることになっていた。

都らしい華やかな祭りを見るのはこれが初めてで、前の日は期待と興奮で良く眠れなかった。

「紅子様、そろそろ出立いたしましょう」

山吹《やまぶき》に手を取られ、いそいそと車止めから屋形の中へ乗り込んだ。

と、まだ下簾《したすだれ》を下ろしたまま真っ暗だった屋形の奥に、うずくまるように座っていた人影にはっと息を呑《の》む。

「誰!?」

人影がむっくりと起き上がった。

「しいっ、紅子、私だ」

「――お、大鷹様!?」

そこには直衣《のうし》姿の大鷹がいたのだ。

声を上げそうになる紅子にさっと近づいて、その口元を覆いながら悪戯っぽくささやく。

「今日はお忍びであなたと行列見物に行きたい」

紅子はふるふると首を振り、くぐもった声で言う。

「そんな――帝自ら……そんなことを……！」

帝が大通りにお出ましになったら、それこそ祭りの行列が大混乱になってしまう。

それ故のお忍びであるとはわかっていても、この国の長《おさ》としてはあまりに慎みに欠ける行為だと紅子は思った。

「大丈夫だ。あなたの牛車の周囲には、望月《もちづき》始めあらかじめ、えり抜きの屈強な警備兵を手配してある」

「そ、そういうことを言っているのではなくて……帝としてのお立場をお考えくださいと……」

すると大鷹は、夜の帳《とばり》のように深い色の瞳をわずかに曇らせた。

「私は、このハレの日をあなたと楽しみたいだけだ」

紅子はその切ない声に胸がずきんと疼《うず》いた。

わずか十九歳にして思いもかけない運命で帝という地位に就き、周囲を驚かせるほどの才を振るっている大鷹であった。しかし常にどれほど気を張っているかを、毎夜茵《しとね》を共にする紅子は痛いほど感じていた。

この国の一大行事である花葵祭の準備を滞りなく進ませるため、毎日きりきり神経を尖《とが》らせていた大鷹は、寝所に入ったとたん、紅子の柔らかな膝枕でことんと糸が切れるように眠りこけてしまうこともたびたびだった。

その少しやつれが出て、かえってぞくりとする凄《すご》みを増した大鷹の寝顔を見ていると、心から愛おしく、また痛ましく思う。

まだ若さを楽しみたい盛りの大鷹が、どれほどの気持ちで紅子の牛車に忍んできたかと慮《おもんぱか》ると、これ以上邪険にできるわけもなかった。

「——では、本当にお静かに。帝とばれないようにしてくださいね」

紅子の言葉に、大鷹はぱっと少年のように白い歯を見せ破顔一笑した。

「わかっているとも！　ああ、なんと嬉《うれ》しい」

その輝くような笑顔に胸がきゅんと掻《か》きむしられるようで、もう抵抗はできなかった。

大鷹が袖格子をとんとんと軽く叩《たた》くと、ぎしっと牛車が動き始めた。

「さあ紅子、行列を楽しもう」

大鷹はぎゅっと背後から紅子を抱きしめた。紅子は微笑《ほほえ》んで彼に身をもたせかけた。

ゆるゆると牛車は内裏を出て、路頭の儀の通る大路に出た。

最初は大鷹がいることではらはらしていた紅子だが、次第に行列への期待感と愛する大鷹と一緒だという高揚感で気持ちが昂《たかぶ》ってくる。

望月が手配したらしく、あらかじめ見物によい場所を侍従が取っておいてあり、そこへ紅子の牛車が止められた。

「着いたようですね」

そっと物見の御簾《みす》を上げて、外を覗《のぞ》いてみる。

「まあ――！」

すでに貴族たちの沢山の牛車が、ぎっしりと道端に止められている。それは大路の遥《はる》か向こうまでずらりと続いている。それぞれに贅《ぜい》を尽くした牛車で、色取り取りに大路を飾っている。そして後から後から庶民たちが沿道に繰り出して、今や遅しと行列が来るのを待っている。

「なんて賑《にぎ》やかな――すてき、すてきだわ」

息を呑んで都の光景に見惚《みと》れている紅子に、大鷹がそっと背後から寄り添った。

「私も覗いてみたいが、さすがにはばかられる。あなたが存分に楽しむ姿を見ているだけでも、心が満ち足りてくるよ」

紅子ははっと頬を染める。

「ごめんなさい――私ばかりはしゃいで」

大鷹がとんでもないと首を振る。

「なにを言う――紅子が嬉しければ私も嬉しい、なによりもあなたが幸せなら私はそれでよいのだよ」

紅子は切なくて胸が締めつけられるような気がした。

「それでは私の気持ちが収まりません――いつもいつも大鷹様に与えられてばかり――私にも

あなたをお慰めできることがなにかあればよいのに、といつも心痛めているの」

大鷹は目をしばたいて眩《まぶ》しそうに紅子を見る。

「その気持ちが、なによりの私の宝だ」

そう言うと、そっと唇を覆ってくる。

「ん……」

二人で唇を掠《かす》めるような優しい口づけを繰り返した。

そうしているうちに次第に二人の体温が高まってくる。

「んぅ……んっ」

滑らかな舌が唇を割って侵入してくる。歯列を柔らかになぞり、紅子の舌をくすぐる。

「ふ……んんっ、ん……っ」

おずおずと舌を差し出し、互いに絡ませくちゅくちゅと擦《こす》り合う。

深く甘い口づけに、紅子の脳裏がぼんやり霞《かす》んでいく。まるで寝所に二人きりでいるような錯覚に陥りそうになり、慌てて顔を背けようとする。

「あ……も、だめ……これ以上……」

大鷹は紅子の口の端、頬、額にと順繰りに唇を押し付けながらくるおしい声を出した。

「あなたといると——すっかり気持ちが昂ってしまった」

言いながら下腹部をぐっと紅子に押し付ける。白袴《しろばかま》の内側で若茎が熱く滾《たぎ》って硬化しているのがありありと感じられ、紅子は耳朶《じだ》まで赤く染める。

「どうかあなたの手で鎮めてくれないか？」

艶《なまめ》かしい声でささやかれ、紅子は逆らうこともできない。

「……手……で」

これまでも閨《ねや》で彼の男根を手で慰めるやり方は、幾度も仕込まれた。

しかし日の上ったばかりの都の大路で、よもやそんなはしたないことを――。

「紅子――」

欲望のこもった声を出されると、紅子は常々自分が大鷹を慰めることができないかと悩んでいたことを思い出す。

（私にできることは、この身を差し出すだけだわ。全てを大鷹様に捧《ささ》げるだけ）

「わかりました」

紅子はほっそりした手を差し出すと、そろそろと大鷹の袴《はかま》の腰紐《こしひも》を解いた。褌《ふんどし》を寛《くつろ》げると熱い屹立《きつりつ》に触れ、一瞬躊躇《ちゅうちょ》する。しかし思い切って肉茎の根元に手を添え、両手で包み込むようにした。太い血管が浮き出た灼熱《しゃくねつ》の欲望は、紅子の手に余るくらい太く逞《たくま》しく、びくびくと脈動している。

右手で肉胴を握り、ゆっくりと上下に擦った。

「――っ」

大鷹が軽くため息を漏らす。

「そうだ——紅子、そのまま」

彼が心地よさげな声を出すのが嬉しくて、手に力を込めてきゅっきゅっと扱《しご》き上げる。すると肉棒はますます硬化し膨らむ。笠の張った先端から、透明な涙の雫《しずく》のような先走りが溢《あふ》れ、紅子の小さな手を濡らした。

「——ああ紅子、いいよ」

大鷹はうっとりした表情でこちらを見つめる。その色気ある眼差《まなざ》しに、紅子の背中がぶるっと震え下腹部に甘い疼きが走る。

「大鷹様……」

次第に先走り液で屹立がぬるつき、紅子の手がつるつる滑ってうまく扱けない。肌理《きめ》の細かい頬を染め、懸命に手を動かす紅子に、大鷹がそっと言う。

「紅子——舐《な》めてくれるか？」

「え……？」

紅子は目を見張った。

男のそこを口で慰める行為は、今までしたことがなかったのだ。

「く……口で……？」

おずおず尋ねると、大鷹がうなずく。

「そうだ――でも、いやなら、無理強いはしないよ」

紅子は首を振った。

彼が望むことならなんでもして上げたい。ただどうしていいかわからないだけだ。汚いという気持ちは微塵《みじん》もなかった。いつも大鷹は、紅子の全身を舐《ねぶ》ってくれるではないか。

「――わかりました」

及び腰で彼の股間に顔を近づける。

こもった男の欲望の匂いが鼻腔《びこう》を擽《くすぐ》る。

両手で陰茎の根元を支え、そっと舌を差し出してちろりと先端に触れてみる。びくんと手の中で欲望が震えた。

「あ……ご、ごめんなさい」

いけないことをしたかと思わず顔を引こうとすると、大鷹が声をかける。

「いや――そのまま続けておくれ」

紅子は再び顔を寄せ、亀頭先に柔らかな唇を押し付けた。ちゅっと優しく口づけする。それから割れ目のある先端の周りにゆっくり舌を這《は》わせる。

「そうだ――いいよ」

大鷹が励ますように言う。

「ん……んんんぅ……」

最初は控え目に先端のくびれをなぞっていたが、やがて肉胴に沿って根元まで舌を滑らせていく。

「……ふ……ん、んぅ……」

次第に行為が熱を帯び、丁重に肉茎を舐め上げ、亀頭の裂け目まで舌を押し込んで撫《な》で回す。

「——あ、紅子」

大鷹の手が紅子の艶やかな黒髪をゆっくりと撫でる。

「そのまま咥《くわ》えてごらん」

そう言われ、一瞬逡巡《しゅんじゅん》したが素直に唇を開き、そっと先端を含んでみた。苦いような塩っぱいような味がかすかにする。昂る獣のような生臭い匂いが、不快ではなく逆に紅子の欲望を刺激してくる。

「……ふ……ん……んんっ」

膨れた先端に唾液をまぶしながら、ゆっくり口の中で転がした。

「いいよ——もっと奥まで呑み込んでごらん」

言われるままゆっくりと太い肉胴を喉奥まで呑み込んでいく。

「く……は、んぅ、んんっ」

長大な男のものは、とても全部は呑み込めない。口いっぱいに頬張り、そろそろと吐き出す。

「上手だ、舌も使ってごらん」

「んぅ、は、はい……」

脈打つ肉茎に舌を押し付け、頭を上下に振り立てて扱いていく。

「はぁ……んんっ……んぅうん……」

こんな淫らな行為なのに、全身が熱を帯び頭が快楽にぼんやりしている。

大鷹をこのように口腔愛撫《あいぶ》で慰めることができるのは自分だけだと思うと、誇らしさと興奮でうずうず下腹部に火が付く。

「ふ、くぅ……は……んぅ」

口の中で亀頭がさらに嵩《かさ》を増し、感じやすい舌の上をぐりぐりと擦り上げると、ずきんと甘い疼きが子宮に走った。

「あ、あぁ、あふぅ……んんんっ」

口いっぱいに男根を頬張っているので、呑み込みきれない唾液が口の端から溢れ、男の先走りと混じったそれを必死で啜《すす》り上げると、ちゅばっちゅばっと淫猥《いんわい》な音が立つ。

「素晴らしい――紅子、あなたの口の中は最高だ」

大鷹が紅子の頭をやわやわと弄《いじ》る。

「は……ふぅん、んんぅ、んっ……」

大鷹が気持ち好《よ》くなってくれるのが嬉しくて、紅子は唇に力を込めきゅっきゅっと扱いていく。

「根元の――袋を両手で揉《も》んでおくれ」

「……は……い……んんぅ、くぅん……」

柔らかな陰嚢《いんのう》を両手で包み、そっと揉み解《ほぐ》す。柔らかな包皮の中でころころした珠《たま》が動くのが不思議で官能的だ。自分とは違う形状の男の性器を、余すところなく愛する喜びに、紅子の全身がいよいよ昂る。赤袴の中で閉じ合わせた太腿《ふともも》の奥が、きゅんとなりじんわり濡《ぬ》れてくるのがわかる。

大鷹の鈴口から漏れ出す先走りの量が増え、その艶かしい男臭い欲望の味に自分の身体もあおられる。

(ああ……この昂りが、欲しい)

膣奥がずきずき痛いほど疼き、強く突き上げられたいと焦《じ》れる。

しかし今は大鷹に奉仕するのだと自分に言い聞かせ、必死で頭を振り立てた。

「……うんんん、んぅ、んんっ……」

慣れない口腔愛撫に、次第に顎がだるくなり舌先も痺《しび》れてくるが、やめずに咥え続けていると、一段と男の欲望が膨れ上がってくる。

「ぐ……ぁ、あふぅ……」

「――っ、たまらない――紅子、紅子」

大鷹が切羽詰まったような声を出す。

その声にぞくぞくと感じ入ってしまい、力を振り絞って愛撫に耽《ふけ》る。むせ返る雄の香りに頭が酔ったようにぼうっとしてくる。

「……ぁふ……ふ、ふぅ……んんう……」

雁首《がんくび》を唇に咥え扱くように強く吸い上げると、びくりと大鷹の腰が浮いた。

「──だめだ、紅子──」

大鷹が腰を引こうとしたが、紅子はかまわずちゅぅっと強く先端を吸い上げる。

「──っ」

ぐぐっと喉奥まで肉棒が押し込まれたかと思うと、ぶるっと大鷹が胴震いした。

次の瞬間、熱く大量の白濁が口内に注ぎ込まれた。

「く……んぅ、んっ、こく……っ」

つんとした欲望の香りが鼻をつく。

紅子は躊躇《ためら》うことなく大量の迸《ほとばし》りを嚥下《えんか》していく。

粘っこく苦みのはしった体液は決して呑みやすいとはいえなかったが、不思議と嫌悪感はない。大鷹に奉仕しきったという満足感が全身を熱くする。

「……はぁ、は……」

口腔でゆっくり萎《しぼ》んでいく肉茎をゆっくり吐き出すと、白濁の残滓《ざんし》が口の端からとろりと溢れた。

「紅子――ああ、ここまでしてくれて――」

大鷹は懐紙を取り出すと、愛《いと》おしそうに紅子の口元を拭ってくれる。

「――お役に、立てましたか？」

火照った顔を上げると、大鷹の目が熱っぽく見つめてくる。腕を摑《つか》まれ彼の胸にかき抱かれる。

「ここまで私に全てを捧げてくれるのは、あなただけだ。私は三国一の果報者だ」

髪を優しく撫でられ温かい胸に抱かれていると、それだけで全身に快感が駆け巡り陶酔してしまう。

しばらく二人はじっと抱き合っていた。

ふいに、沿道の人々がざわつき始めた。

「行列が来たぞ！」

はっと夢から醒《さ》めたように身を離し、紅子はそっと物見の御簾を上げてみる。

「先触れの乗尻たちの蹄《ひづめ》の音だ」

路頭の儀の式次第をくまなく把握している大鷹がつぶやく。

「その次に検非違使《けびいし》の素襖《すほう》、次に山城使《やましろし》、馬寮使《めりょうし》、と続くからよくごらん」

「はい」

紅子は胸をときめかせて行列を覗き見た。

どの騎馬隊も陪従《べいじゅう》も煌《きら》びやかな衣装だ。薄紅装束や藍色 橙《だいだい》色など色取り取りの装束に、馬たちも沢山の房飾りが付けられている。そして人も馬も牛車も、藤や花葵の花で美しく飾られている。

「革の冠を被《かぶ》り唐鞍《からくら》を付けた馬に跨《また》がり、黒い装束をしているのが勅使代だよ。私の名代として、社で祝詞を述べる栄誉あるお役目だ」

紅子は誇らしげに馬に跨がっている勅使代の近衛《このえ》使を見つめる。金色の飾り太刀を差し、右腰には銀製の魚袋を光らせひときわ立派だ。

（あのお姿で大鷹様が行列にいらしたら、どれほど輝くばかりにお美しいだろう。沿道の人々は皆心を奪われ、眼福至極と思うことだろう）

紅子は大鷹の晴れ姿を想像して、胸を昂らせた。そして帝という位故に、彼の不自由さを慮ると心がかすかに痛んだ。

「どきどきしているね。楽しいか？」

大鷹が背後からそっと抱きしめてくる。

「はい、とてもご立派で素晴らしい行列です。沿道の人々も、さすが大鷹帝であると口々に讃《たた》えていますわ」

肩越しに微笑むと、大鷹が眩しそうに目を眇《すが》める。

「あなたにそう言ってもらえるだけで、私は誠意を尽くしたかいがあったというものだ」

大鷹はさらに紅子を抱き寄せ首筋に顔を埋《うず》める。

「よい香りだ。心安らぐあなたの甘い香りに包まれていると、私は浮き世の全ての悩み事が霧散してしまう」

くすぐったさに首をすくめながらも、紅子はなすがままになっている。自分が側《そば》にいることで、大鷹の心の慰めになるのならなんでもしてあげたいと思う。

と、そろりと大鷹の右手が袿《うちぎ》の合わせ目の中に潜り込んでくる。

「あ……」

乳房を弄《いじ》られ思わず声を上げそうになり、慌てて唇を引き締める。煌びやかな行列はまだまだ続き、沿道には人々がひしめいているのだ。身を強《こわ》ばらせてじっとしていると、今度はもう片方の手が袴を寛げ、太腿の辺りを撫で回してくる。

「だ……め……」

しっとりした掌《てのひら》で感じやすい柔肌《やわはだ》を撫でられると、淫らで甘やかな疼きが下腹部を走りぶるっと震えてしまう。

「先ほどのお返しだ」

耳朶に熱い息を吹きかけながら、大鷹は手を蠢《うごめ》かす。

「い……え、もう、だめ……そんなこと……」

必死で行列の方に意識を向けようとするが、悪戯《いたずら》な指が秘裂をなぞってくるとぞくぞく感じてしまい、身をくの字に折り曲げて身悶《みもだ》える。

「ん――もう濡れているな」

くちゅりと指先が陰唇に潜り込むと、ずきんと子宮が甘く戦慄《おのの》き隘路《あいろ》が期待にひくつき出す。

「や……違う……の、そこ、やあ……」

紅子はくぐもった艶かしい声を漏らす。

「わかっているよ――私のものを咥えながら、いやらしく濡らしていたのだろう?」

にちゅにちゅと蜜口を掻き回されると、快感が背中を駆け上がっていく。

「いやぁん……そんな……」

確かに口腔愛撫をしながら、紅子の情欲は熱く燃え上がっていたのだ。

ぬるりと膨らんだ秘玉を撫でられ、思わず袖をきつく噛《か》み声を上げないように堪《こら》える。

沿道の歓声がひときわ大きくなった。

「お――走馬が通るな。今年はひときわ素晴らしい御馬を六頭奉納したからな」

大鷹の声に紅子は顔を上げて物見から覗こうとした。

「走馬……?」

「路頭の儀の最後に、あの馬たちが走馬の儀として鳥居の前で疾走するのだよ。それは壮観で素晴らしいらしいぞ」

と、紅子の牛車の前で走馬たちが興奮していななく声がした。ざわざわっと見物の人々が騒ぐ。馬寮使たちが、しっしっと馬たちをたしなめる声もする。

「な、なにかしら……？」

大鷹は紅子の背後から、ちらりと外の様子を窺《うかが》った。

それからふっと笑う。

「うむ、雄馬が雌馬にのしかかってしまったようだ」

「え？」

馬寮使たちが声を荒くしている。見物客も不測の事態に、笑い声を上げるものひんしゅくするものなどで、騒ぎが大きくなる。

大鷹は平然として紅子を抱きかかえる。

「どうやら私たちの睦《むつ》み合いが、馬にもわかったようだな」

くすくす笑いながら秘玉を爪弾く。

「あっ……つぅ……っ」

ずきんと愉悦が走り、媚肉《びにく》が淫らに蠢き熱い蜜が溢れてくる。

「や、めて……あぁ……」

「口ほどにもないな、腰がくねっているではないか——ここはそんなに好いか？」

大鷹がからかうように秘玉をくりくり転がすと、もう堪《たま》らず背中を反らせて身悶えてしまう。

「ふ……ぅう……ん」

こんな場所で感じてしまう自分が、あまりに淫らで恥ずかしかったが、紅子の身体を隅々まで知り尽くしている大鷹にはかなわない。

「ほらどんどん蜜が溢れて――」

凝《しこ》った秘玉を揉み解すように撫でられると、膣襞《ちつひだ》がひくひく蠢きさらに愛蜜を吹き出す。

「……っ、あ、ぁ……ぁぁ……」

秘玉だけですぐにも達してしまいそうで、腰を突き出すようにして喘《あえ》いでいると、ふいにすっと大鷹が手を外した。

「あ……?」

もう少しで達しそうになった身体が、うずうずと疼く。ひりつく秘玉が切なくひくつき、火の付いた下腹部が物欲しげに揺れてしまう。

「――今は、これまでだ」

大鷹は少し意地悪げな微笑みを浮かべる。

「ひ……どい……わ」

紅子は切ない疼きに堪えられず、潤んだ瞳で大鷹を睨《にら》むが彼は知らぬ気に笑っている。

「さあ行列を見逃してしまうぞ」

そうせかされ、慌てて衵扇《あこめおうぎ》で顔を隠しながら物見から外を覗いた。

荘厳で華麗な行列は延々続き、最後尾の騎馬が行き過ぎる頃には昼過ぎになっていた。

鴨野神社での奉納の儀や走馬の儀を見ようと、見物客がぞろぞろと移動を始める。それととともに、並んで止めてあった牛車も神社へ向けて一斉に動き出す。

「さて——私たちはどうする？」

大鷹の言葉に、まだ身体の火照りが収まらない紅子は消え入りそうな声で答える。

「もう……内裏に戻りましょう……私、少し疲れました」

これ以上大鷹と狭い牛車で一緒にいると、恥知らずに自分から求めてしまいそうだからだ。

「そうか——では」

大鷹が袖格子を軽く叩くと、牛が繋《つな》がれゆっくりと移動が開始された。

「今日は——本当に楽しかったです。これほどのお祭りを催すには、さぞやご尽力なさったでしょう。どうか今宵《こよい》はゆっくり御休みくださいね」

紅子が心を込めて言うと、大鷹は目をしばたいた。

「なんだかその言い方は、今夜は私に一人で寝ろと言っているようだが？」

紅子は頬を染めた。

「そ、そうです……だってひどくお疲れのご様子ですもの」

すると大鷹はにこりとした。

「あなたは男の性をご存じない。疲れているほど、満たされたいと思うものだ。今宵も、寝所に渡ってきなさい」

「は……はい」

ちくんと下腹部が疼く。

真昼から閨でのあれこれを期待してしまう自分は、本当に淫らな身体になってしまったと、しみじみ思う。

(でも……それが嬉しい)

無垢《むく》な自分がすっかり大鷹の好みの色に染まってしまった。

これからも自分の全ては大鷹のためにあると、心から思うのだ。


その晩。

いつもは鳳凰殿《ほうおうでん》の寝所へ出向く際にお供する山吹と柊命婦《ひいらぎのみょうぶ》が、二人とも腹をひどく下してしまった。

「申し訳ありません、紅子様。花葵祭のごちそうをいただきすぎたのでしょうか?」

ふらつく身体で起き上がろうとする山吹に、紅子は優しく諭す。

「いいのよ、二人とも寝ていてちょうだい。大丈夫。鳳凰殿はすぐそこだもの。今晩は別の女房にお供を頼むから、大丈夫よ」

いつもより少し遅い時刻になったが大鷹の寝所に渡ろうと、局《つぼね》の他の女房を従えて渡殿《わたどの》に出た。月に雲がかかり、ざわざわと生暖かい風が吹く。先に立って進む女房の手燭《しゅしょく》の灯《あか》りが、心もとなくちらつく。

「いやなお天気だわ。なんだか雨になりそう——急ぎましょう」

紅子は不安げに渡殿の途中で空を見上げてつぶやいた。

「紅子様、足元が悪うございます。お気をつけください」

女房がそうつぶやいた瞬間、ふいに手燭の灯りがふっとかき消えた。

「あ?」

突然辺りが闇に包まれ、紅子は恐怖に足がすくむ。

「風が——申し訳ございません。今、その先の詰め所で火をいただいて参ります。すぐに戻りますから、そのままここでお待ちください」

暗がりから女房の声がし、そのまま板張りをするすると歩き去っていく足音がする。

「ま、待って——」

慌てて声をかけたが、女房の気配はすでにない。

「——」

紅子はなす術《すべ》もなくその場に立ち尽くした。墨を流したような暗闇に、徐々に目が慣れてきたが、ぼんやりと足元の渡殿が見えるに過ぎない。しかも、すぐに戻るはずの女房がいくら待っても現れない。

（どうしたの？　早く、早く戻って……）

不安で胸の動悸《どうき》が速まる。

「紅子殿か？」

突然、背後から見知らぬ男の野太い声がした。紅子はぎくりと身を引き攣《つ》らせた。

「どなた？」

振り向こうとする間もなく、いきなり乱暴に腕を摑まれ引き寄せられた。

「あっ⁉」

黒装束の頭巾を目深に被った怪しい男だ。男は紅子の口元を無骨な掌で覆った。

「――ぐ……」

悲鳴が押し殺され、あまりの恐怖に身体が硬直する。闇にも鈍く光る鋭い短刀が、すっと頬に押し付けられた。その刃の冷たさに、肝が縮み上がる。

「命までは取らぬ――ただその可愛《かわい》らしい顔に、二目と見られぬ傷跡を付けさせていただく」

男の声が氷のように冷たく響いた。

「⁉――ふ、や……や……っ」

紅子は必死で身悶えた。しかし紅子より遥かに巨体のその男は、恐ろしい怪力で彼女を押さえ込み、びくとも動けない。

「暴れると、傷が深くなるだけだぞ」

酷薄な言葉に、紅子はぐったり身体の力を抜いた。彼女の抵抗がやんだと思ったのか、男は少し力を緩め短刀を握り直した。そのわずかな隙に——。

紅子は渾身《こんしん》の力を込め、口を覆っていた男の掌に噛み付いた。

「うっ⁉」

男が低く呻《うめ》いて思わず腕の力を抜いた。紅子はすかさず思い切り両手で男を突き飛ばすと、渡殿を脱兎《だっと》のごとく走った。右も左もわからなかったが、とにかくその場から逃げ人を呼ばねば、と思った。

「誰か！　曲者《くせもの》です！　誰か！」

恐怖と息切れで、声が掠れてしまう。走ることなど慣れていないので、足がすぐに萎えてもつれそうになる。背後から男が追ってくる足音がする。それはどんどん迫ってくる。

（怖い！　助けて！　大鷹様！）

あまりの恐怖で頭が真っ白になり、もはや助けを求める余裕もない。

とその時、厚い雲間からわずかに月が顔を覗かせた。薄い月明かりに、鳳凰殿に続く中庭への廊下が見えた。

（あそこまで——あそこまで行けば——大鷹様が）

中庭の池にかかる反り橋を夢中になって駆け上がったその時、追いついた男が、どん、と背中を強く突き飛ばした。

「あっ……！」

悲鳴を上げる間もなかった。足がもつれ、身体がぐらりと大きく傾いた。

そのまま真っ逆さまに池に落ちた。ばしゃっと激しい水音がした。その瞬間紅子は、自分の身になにが起こっているのかわからなかった。

「きゃぁっ」

春先の水は震え上がるほど冷たい。池は思ったより深く、しかも紅子は泳ぎというものを知らなかった。もがいて立ち上がろうとしたが、足が着かない。

橋のたもとにいた黒装束の男が、風のように立ち去るのが一瞬だけ、目の端に入った。

「誰……かっ！」

両手で水面をばしゃばしゃ掻いてもがく。小袖が水を吸って全身にまとわりつき、ずしりと重くなる。足を引っ張られるように身体が沈みそうになる。

「大鷹……さまぁっ」

思わず愛しい人の名前を叫ぼうとして、がぼっと水を飲む。鼻の奥がじんと痛くなり、気管に水が入ったのか激しく咳《せ》き込み、呼吸ができない。息が詰まって気が遠くなった。

（……大鷹さま……大鷹さ……ま……）

そのまま水底にずぶずぶと落ちていく。ふうっと意識が遠のく。

その時、近くで何かが水に飛び込む気配がした。

そして誰かの逞しい腕が、がっちりと自分の手首を摑んだ。ふいに身体が軽くなり、ざばっと水面に顔が浮く。と思うや否や、身体がふわりと横抱きにされて持ち上げられた。突然肺に新鮮な空気が飛び込み、ひどく咳き込んだ。

「紅子！　紅子！　しっかりするんだ！」

耳元で名前を呼ぶ頼もしい声。

「ごほっ、ごほ……大鷹……さ……」

声がかすかにしか出せない。

「そうだ！　私だ！」

ぼやけた視線の先に、びしょ濡れで青ざめた大鷹の顔があった。

（大鷹様……助けてくださった……あぁ……）

みるみる歓喜が込み上げるが、指先すらぴくりとも動かせない。

周囲がにわかに慌ただしくざわつき始める。

「大鷹様！　御無事ですか⁉」

望月の切迫した声がする。

「私はなにごともない。紅子が池に突き落とされた。曲者だ！　内裏中を捜索せよ！」

厳しい声で大鷹が命じる。

「はっ！」

検非違使たちの怒声、あかあかと点《とも》る松明《たいまつ》――大鷹の温かい胸。彼がさらに強く抱きしめてくれる。この胸にいる限りなんの心配もない、そう心から思う。

（嬉しい……）

紅子はほっとしたとたん、意識をすとんと失った。


水底は墨を流したように真っ暗だった。足元が冷たくぬるぬるする。

そこを紅子は、一人で彷徨《さまよ》っている。

（ここは、どこ？　私は死んでしまったの？）

紅子は手探りで暗闇をのろのろと進む。寒く、息苦しい。壮絶な孤独感。

（大鷹様はどこ？　私はひとりぼっちなの？）

愛しい人の名を呼ぼうとしても、喉が貼り付いたようにまったく声が出ない。両手を前に差し出して、なにかに縋《すが》ろうとする。ふと、遥か頭の上の方からかすかな光が見える。

（あそこまで、行かないと……）

必死にそう思うが、手を伸ばしてもとても届きそうにない。自分は永遠にこの闇の中に取り残されるのだろうか。

（大鷹様！　私はここです！　大鷹様！　あなたに会いたい！　もう一度あなたに）

全身全霊を込めて、彼の名前を呼ぶ。

「紅子、紅子」

大鷹がずっと耳元で呼んでくれている。

深い眠りから覚めるように、紅子は意識を取り戻した。

「……あ……」

重い瞼《まぶた》を上げると、間近で大鷹が覗き込んでいる。

御帳台の畳の上に、白い小袖姿で横になっている。どうやらここは大鷹の寝所らしい。

「よかった、気がついたか！」

大鷹の端整な顔がくしゃっと歪《ゆが》んだ。

「……私……？」

ぼんやりと起き上がろうとする紅子を、大鷹がそっと抱えた。

「寝ていなさい。すぐ救い上げたので、水も大して飲んでいないようで、本当によかった」

「私……生きているんですね？」

「そうだ、もう大事ない」

背中を支える彼の温かな掌の感触にふいに意識がはっきりし、生きている実感を噛み締める。

「大鷹様……大鷹様」

震える華奢《きゃしゃ》な背中を優しく撫でながら、大鷹が綺麗《きれい》な眉根を寄せ厳しい顔つきになる。

「あなたが少し遅いので、私の方から出向きに行こうかと、寝所を出たのだ。ちょうど渡殿の橋の上にあなたを見かけたので声をかけようとしたら、突然見知らぬ者の影が後ろから飛び出し、あなたを池に突き落としたのだ」

「あ……！」

背中を強く突き飛ばされた記憶が、ありありと蘇った。

「顔を覆った黒装束の男でした。渡殿で突然襲われたの――なぜ、私を？」

あの時の恐怖を思い出し、身体が小刻みに震えてくる。

紅子のか細い身体を、大鷹がぎゅっと抱きしめる。

「わからぬ。しかし、警護の厳しいこの内裏に潜んでくるとは、誰か内部に手引きしたものがいるに違いない」

彼の声が切なく掠れる。

「あなたにもしものことがあったら、私も生きてはいられない」

紅子は、胸がずきんとわし摑みされるように痛んだ。

「そんな――私なんかに。私がいけないのです。不注意に渡ろうとしたりして……あ、お供の女房は？」

「渡殿の先で、当て身を食らわされて気を失っていた。ものの役にも立たん」

いつもの穏やかな大鷹に似合わない吐き捨てるような物言いに、彼の怒りが滲《にじ》み出ていた。

「あなたに忠実な女房が二人とも寝込んだり――どうも企《たくら》みの匂いがする」

紅子はぞうっと背中に寒気がした。

「どうして？　私を？」

怖くて大鷹にしがみつこうとして、彼の髪が濡れてほつれているのに気がつく。

「ああ、私のために池に飛び込まれて……！　大鷹様にこそもしものことがあったら、この国の一大事です！」

目に熱い涙が溢れてくる。

ほろほろ泣き出した紅子の背中を優しくさすって、大鷹は微笑む。

「なに、あんな浅い池どれほどのものでもない。私は若鷹の頃、よく川で泳いでいたからな」

「あ――」

紅子も思い出した。

二人で川遊びをしていた時など、大鷹はよく素潜りして手づかみで岩魚《いわな》など獲《と》って紅子を喜ばせたものだ。穏やかな日差しに水滴を弾《はじ》かせて、楽しげに笑いかける若鷹の姿が目に浮かび、甘酸っぱくきゅんと心が疼く。幼い二人の懐かしい蜜月時代――。

いつかは別れなければならないと覚悟しながらも、出会っている時間は煌めくように美しく、ただただ幸せだった――。

「そうでしたね……あの頃は、本当に二人とも無邪気で……楽しくて……」

今成人し、帝とその妻の立場になった二人には、様々な重責や陰謀がのしかかってくる。

悄然《しょうぜん》とした紅子を、大鷹はぐっと引き寄せた。

「しっかりするんだ。私が必ずあなたを守る。あなたを国母にするまで、決して何人たりともあなたに手出しはさせない」

「……大鷹様」

切なくて嬉しくて、再び涙が溢れてくる。

この愛しい人のためなら、いつでも命を差し出せると思う。

しっとりと唇を塞がれる。

「ふ……んぅ……」

大鷹の柔らかな唇の感触に、強ばっていた心も緩やかに蕩《とろ》けていく。

「ん……んぅ……」

労《いたわ》るような口づけに、大鷹の愛情が満ちていてそれだけで全身が熱く昂る。

思わず自分から舌を差し出してしまう。大鷹はその舌を絡めとり、柔らかく何度も吸い上げる。

「……は……んんっ……」

脳芯まで甘く痺れ、みるみる身体から力が抜けていく。

紅子を気遣ってかいつもの奪うような激しさはなく、口腔の隅々まで優しくたっぷり時間をかけて舐る口づけに、心地好い快感がじんわり湧き上がってくる。

「ぁあ……ん……ぁ……」

くったりと身体を大鷹に預け、彼のなすがままに口づけを受ける。長い口づけが終わると、紅子は幸福そうなため息をついて男の腕に抱かれていた。うっとり目を閉じている彼女の火照った頬や瞼に、大鷹は繰り返し唇を押し付けた。

「なんて愛らしくて、いとけないのだ、あなたは。あまりに華奢で柔らかくて、私の腕の中で崩れてしまいそうに儚《はかな》い。こんなあなたを害するものは、私が絶対に許さない。絶対に守ってやる」

（ああ……私はこんなにも大鷹様に大事に思われている。本当に果報者だ）

彼の物静かだがきっぱりした言葉に、胸がどくどく早鐘を打つ。

「大鷹様、私も……」

――あなたのためならなんでもします、と言おうと顔を上げた瞬間、鼻奥がむずむずしてくちゅん、と小さなくしゃみが出た。続けて、

「くしゅん、くしゅっ」

「お、いかん、身体が冷えたか？」

大鷹がぎゅっと抱きしめてくれるが、やはり池に落ちて身体が冷えたらしい。かすかに震えている紅子に、大鷹は心配そうに言う。

「咳逆疫《しはぶきやみ》にでもなったら大変だ。兄上はそれで身罷《みまか》ったのだ。すぐ身体を温めてやろう。確か今日は入浴には吉日であったな。御湯殿に湯を張らせよう」

紅子は慌てて顔を上げる。

「いえ、そんなこと――」

帝は毎朝穢《けが》れを払うために入浴する習慣があるが、他のものたちは吉日に身体を拭い、月に一、二回蒸し風呂に入る程度だ。帝の御湯殿を女人が使うなど、あまりに畏れ多い。

「かまわぬ。あなたの身体より大事なことなど、なにもないよ」

大鷹は几帳《きちょう》の外に声をかけた。

「御湯殿の用意を」

「かしこまりました」

気配を消して待機していたのか、望月が答える。

「さあ」

大鷹は素早く衣を脱ぎ捨て、小袖一枚の姿になった。そして軽々と紅子の身体を抱き上げると、そのまま寝所から西の渡殿にある御湯殿へさっさと歩き出した。帝の世話係の女房たちが慌ててその後を追おうとすると、大鷹は彼女らを見やってきっぱり言う。

「誰もいらぬ。御湯殿には私と紅子だけにせよ」

女房たちが畏《かしこ》まって平伏する。

「あ、あの、大鷹様っ、私、いいですから……」

紅子は男性と沐浴《もくよく》などしたことがないので、すっかりおろおろしてしまう。

「心配するな。寺にいた頃は、身の回りのことはなんでも自分でしたものだ。湯浴《ゆあ》みくらい私でもできる」

「いえ、そういう意味ではなく……」

狼狽《うろた》えているうちに御湯殿に着いてしまう。入り口にすでに待機していた望月が、木戸を開いてくれる。

「湯を張り、洗い粉と手拭の用意もしてあります」

「すまぬな、しばらく紅子と二人きりにしてくれ」

「御意」

紅子を抱いた大鷹がするりと御湯殿に入ると、望月は後ろから静かに木戸を閉じた。

一間ほどの部屋に竹の簀子《すのこ》が敷かれ、奥に人一人がすっぽり入れるくらいの檜《ひのき》の浴槽がしつらえてある。湯釜から運んだ沸かしたての湯がなみなみ張られ、もうもうと湯気が立っている。

床に置いた木の桶《おけ》の中に、あずきの洗い粉の布袋と手拭が入っている。

「まず、少し身体を濡らそう」

大鷹は紅子を簀子の上にそっと座らせると、自ら木桶で湯を汲《く》み、足の先から少しずつかけていく。

「あ――温かい……」

じんわり指先から温《ぬく》もりが拡《ひろ》がって、顔に血の気が戻ってくる。彼女の頬に赤みが差したのを見ると、大鷹がにこりと微笑んだ。

「よかった――では湯船に浸《つ》かるがいい」

大鷹は再び紅子の身体を抱き上げると、そのまま浴槽にそろそろと降ろしていく。

「はぁ……」

心地好い湯に胸の下まで浸かると、思わず深いため息が出た。

「気持ち好いか？　ゆっくり温まるといい」

大鷹が簀子の上に腰を下ろし、紅子の肩に優しく湯をかけてくれる。

澄んだ湯は檜の浴槽の爽やかな香りがし、全身が柔らかく解れて、紅子は目を閉じて夢見心地になる。

ふっと瞼を開くと、濡れた白小袖が全身にぴったりと貼り付き身体の線が露《あら》わになっているのに気がついた。盛り上がった乳房も赤い乳首も下腹部の茂みも、全てくっきりと薄い布越しに浮かび上がっている。

突然恥ずかしさが込み上げてくる。

「あの……もう充分温まりましたから」

頬を染めて言うと大鷹は、

「では、洗ってあげよう」

と、洗い袋を手に取った。

「いえもう一人でできます。そこまで――」

手を振って断ろうとすると、大鷹は少し拗《す》ねたような目つきになる。

「遠慮されると悲しい。あなたになにかしてあげることが、至上の喜びなのに」

拗ねた大鷹は帝の威厳がふっと消え、昔山で二人して小犬のように転げ回って戯れていた頃の彼に戻っている。その素の表情に、紅子は心がわしづかみにされてしまう。

「あ、じゃ……お願いします」

素直に言うと、彼は嬉しそうに白い歯を見せて笑う。もうその笑顔だけで紅子はいつ死んでもいいとすら思える。この世の中で、帝である大鷹からこんなにも無防備で美しい笑顔を向けてもらえるのが自分だけであるという誇らしさで、胸がいっぱいになる。

大鷹は濡らした洗い袋で、そっと紅子の首筋や耳朶の後ろを拭った。

「ふふ――くすぐったい」

紅子がくすりと笑って身を捩《よじ》ると、大鷹は愛おしげにその顔を見つめる。

「ああその笑い顔。たまらない。本当にあなたは罪な人だ」

洗い袋は、首筋から肩、胸元まで降りてくると、濡れて浮き出した乳首をやわりと擦った。

「あっ……やっ」

ちりっとした甘い疼きがそこに走り、思わず腰がびくんと浮いた。その勢いでぱしゃっと水面に波が立つ。

「ほら見てごらん。薄い布地越しに赤く熟れた乳首がつんとして――」

「いやっ……そんなこと、言わないで……っ」

恥ずかしさでうつむいて首をふるふると横に振る。大鷹は面白そうに、何度も洗い袋で布がぴたりと貼り付いた乳首を撫で擦る。

「く……ふぅ、や……だめ……」

子宮の奥がじくじく蠢き、秘裂の狭間《はざま》がきゅうっと物欲しげにひくついてしまう。花葵祭の時の牛車での痴態を思い出し、ぞくんと背中が震える。

「感じてしまった？」

大鷹が嬉しそうな声を出す。

「いいのだよ、感じても。あなたの気持ちを慰めることができれば――」

ふいに大鷹の玲瓏《れいろう》な顔が寄せられ、布越しに尖った乳首をくりっと甘嚙みした。

「い、た……ぁあ、だめぇ、そんなこと……っ」

嚙まれた痛みに背中を仰《の》け反らせると、今度は濡れた舌先がじんじん疼くそこをねろりとなぞる。

「ふ、あぁ、や……」

大鷹は浮き出た乳首を、交互に甘噛みしたり舌で舐ったりを繰り返す。鈍い痛みを伴う不可思議な疼きが全身を駆け巡り、紅子は頭の中が朦朧《もうろう》とする。慣れない沐浴に湯中《あ》たりでもしたかのようだ。

「……ぁ、あ、だめ、も……しないで……私……変に……」

隘路の中がきゅんきゅん収斂《しゅうれん》し、じーんとした快感がせり上がってくる。

太腿の間がぬるぬるし、腰が物欲しげにくねってしまう。

このままでは乳首の刺激だけで達してしまいそうだ。

そんな経験は未《いま》だなく、そこまで自分の身体が淫らなものに変わり果てたのかと思うと、羞恥で頭がくらくらする。

「変になるといい――乳首だけで達するか？」

片方の乳首を指で摘《つま》み上げ、もう片方を軽く咥えて揺さぶられた。

「や……やぁ、達《い》きたく、ない……ぁあっ……」

濡れた黒髪を振り乱し、大鷹の腕から逃れようと身を捩るが狭い浴槽の中では、それもかなわない。熱い舌先が上下に何度も乳首を舐ると、痛いほどの疼きが下腹部の中心に集まり、切ない喘ぎ声が止められない。

「ん……はぁ、は、だめ……も、あ、だめぇ……」

せり上がってくる喜悦に堪えきれず、仰け反って首を振る。

「ああその感じ入った顔――愛らしすぎる、たまらない」

大鷹は紅子の乱れる様をうっとりと見惚れている。

しかし指と舌は的確に紅子を追いつめていく。

乳首からの刺激が痛いほど隘路を飢えさせ、たまらず太腿の内側にきゅっと力を込めていきむと、腰が浮くほど快感が生まれる。

「……く、ぅ、ぅう、あぁ、ひぁ、あぁ……」

艶を帯びたはしたない嬌声《きょうせい》が、耳孔《みみあな》の奥でうわんと反響する。

乳首の疼きは耐え難いほどに大きくなり、紅子は甘い嗚咽《おえつ》を漏らし続ける。ひくひくと濡れ襞が収縮を繰り返し、粘つく愛液が湯の中にまで滲みだす。

「愛おしい、私の紅子――」

鋭敏な突起を責め続けられ、遂に紅子はびくびくと腰を震わせて啜り泣く。

「あ、だめ、あ、お乳で……あ、達っちゃう……あぁ、お乳で……ぇっ」

恥ずかしいことに、乳首への愛撫だけで絶頂を極めてしまったのだ。

ひっ、ひっと断続的に荒い呼吸を繰り返しながら、紅子は新たな法悦に身を震わせる。

「……ぁ、あぁ……達っちゃったの……お乳で……あぁ……」

不思議な絶頂だった。確かに達したのに、満たされない下腹部が反乱を起こしたようにずきずき疼き、さらに紅子を追いつめるのだ。

「可愛い紅子——」

大鷹がそっと抱きしめてくれる。その腕の温かさに、涙が出るほど欲望が燃え上がってしまう。

「あ……ぁ、大鷹様……」

紅子は潤んだ瞳で大鷹を凝視《みつ》めた。

自分でもはしたなさすぎると思うが、この身体の疼きを止めて欲しい一心だった。

「お、願い……このままじゃ、つらいの……大鷹様に……して欲しいの……大鷹様が欲しい……」

淫らな願いを口にしてしまってから、あまりの羞恥に両手で顔を覆ってしまう。自分から男に抱かれることを願うなど、もってのほかだと思った。

しかし大鷹は感に堪えたような声を出す。

「あなたがそう言ってくれるのを、どれほど待っていたか——あなたに求められたことが、こんなにも昂ることだったとは……」

大鷹はそっと紅子の両手を顔から外させると、じっと熱のこもった目で見下ろした。紅子もおずおずと見返す。

「欲しいものを、あげよう」

紅子はこくんとうなずく。

大鷹は立ち上がると、ゆっくりと浴槽の中に入ってきた。

「あ……」

ざあっと湯が溢れ出て、狭い浴槽は二人でいっぱいになってしまう。

「ふふ——狭いな。だがおかげで、あなたとぴったり身を寄せることができる」

大鷹は紅子を抱き寄せると、自分の膝に跨がせる形にした。

さっきさんざんいたぶられてまだひりひりする乳首が、彼の濡れた小袖に擦れると、また淫らにつんと尖ってしまう。

「私を感じるか？」

大鷹がぐっと腰を押し付けると、布越しに隆々と勃《た》ち上がった欲望が硬く触れる。

「は……い」

その熱い感触だけで下腹部がぎゅっと痛いくらい収斂する。

大鷹が裾を割り、腹に付きそうなほど反り返った肉茎を露わにする。

「紅子——」

身体を抱きしめられ上下に揺すられると、灼熱の塊が疼く秘裂をぬるぬると擦り上げて、あまりに気持ちが好くて甘えた声が出てしまう。

「あ……あぁん……」

溢れた愛蜜で滑りが良くなり、陰唇を割るように笠の張った先端が擦り上げると、腰が蕩けそうなほど感じてしまう。思わず自分から腰を振り立てて、脈打つ肉胴に秘裂をなすりつけてしまう。

「ふ……ぁあん、あん……」

疼く蜜口から秘玉まで、膨れた亀頭がなぞり上げるのがひどく心地好く、大鷹の首に両手を回してしがみついて腰を揺すりたてた。

「――紅子、これが、欲しいの？」

ふいに動きを止めた大鷹が、太い先端でくちゅっと蜜口を突《つつ》く。

「は……ん、あぁ」

浅く侵入してきた肉塊を受け入れようと、両脚が自然に開いてしまう。だが亀頭は再びぬるりと抜け出て、焦らすように秘裂をなぞる。

「あっ……待って」

不意に外され、紅子が軽く失望の声を漏らす。

それを聞き逃さず、大鷹がにこりと微笑む。

「ん？　欲しいのか？」

大鷹が意地悪く先端で突くのを、紅子は涙目で凝視する。

「はい……お願い……欲しい、です……」

誘うように腰をくねらせると、大鷹がわざとらしく動きを止めて言う。

「いい子だ――では自分で挿《い》れてごらん」

「っ――は、はい」

もはや燃え上がった欲望には抗《あらが》えず、紅子はおずおずと先端に向けて腰を沈めていく。

「あ……ぁん」

湯と自分の愛蜜でぬるぬるになった亀頭は、つるりつるりと滑り、なかなか受け入れられない。

「や……あん、んんっ……」

もどかしげに腰をくねらせて、必死に挿入しようとする紅子の様子が、あまりにも初々しかったのか、大鷹は優しく助け舟を出す。

「根元に手を添えるのだよ」

「あ、はい」

そっと肉茎の根元を手で支え、ゆっくり自分の中心めがけて誘導する。今度はぬるりと先端が挿入《はい》ってきた。

「あっ、あぁっ、ん」

待ち焦がれていた熱い肉塊の感触に、全身が悦《よろこ》びで戦慄く。

そのまま腰をゆっくり落としていくと、濡れ襞を掻き分けるように太い肉棒がずぶずぶと呑み込まれた。

「はっ、あ、あぁ、挿入ってくる……ぁあっ」

根元まで腰を落とすと、硬い先端が子宮口まで届き全身が痺れる。

「ふ……全部……挿入って……」

疼く膣腔を目一杯満たされ、紅子は深いため息をつく。

「すっかり収まったね——温かくてとても心地好いよ」

目尻に溜まった涙や火照った頬に、大鷹が優しく口づけをしてくれる。

「そのまま腰を動かして、自分で気持ち好くなってごらん」

「ん……こう、ですか?」

言われるままに、そろそろと腰を浮かせ再びゆっくり下ろしていった。

「は、あぁ、はぁ……ん」

開いた亀頭がひりつく膣襞を巻き込むようにして抜け出し、また押し入ってくる感触が得も言われぬ快感を生み出す。何度も腰を上下させていると、どんどん喜悦が深まってくる。

「……く、ぅん、んんぅ、はぁっ……」

「お——上手だ、紅子、素晴らしいよ」

低い声でそうささやかれると、身震いがするほどの悦びが身体を満たしてくる。最初は及び腰だった動きも、次第に大胆になる。自分の感じやすい部分を探り当て、硬い先端がそこへ当たるように腰を捻《ひね》ると、ずーんと脳芯にまで深い愉悦が届く。

「あっ……深い……ぁあ、奥まで……届いて……」

激しく上下するたびに、湯がざばっと波打って溢れ返る。

「そこが紅子の感じる部分か」

大鷹は彼女の細腰を両手ですっぽり抱え、自分も下から突き上げてくる。

「ひ……ぁ、あ、だめ、突かないで……っ」

爪先から髪の先にまで痺れるような快感が走り抜け、一瞬意識が遠のいてしまう。自分で動くなどあまりに淫らすぎるのに、いつもよりさらに深く感じてしまう。

初心《うぶ》な美貌を官能的に染め上げて腰をくねらせる紅子の様子に、大鷹の欲望もあおられるのか彼の脈動もさらに熱く膨れ上がる。

「あぁん、あん、だめぇ、あぁ……ん」

甲高い嬌声を上げて、いやいやと首を振りながらも腰は貪欲にくねっている。

「ああ——紅子、紅子」

感極まった大鷹は彼女の膝裏を抱えると、そのままざばっと浴槽から立ち上がった。

「きゃ……っ、あ、やぁっ、怖……いっ」

繋がったまま宙に浮いた形になり、紅子は恐怖と愉悦で頭が真っ白になる。

「大丈夫だ紅子。私がしっかり抱いていてやる」

大鷹はその体位のまま簀子に降り立つ。

「んぅっ、くぅっ……」

その振動でさらに結合が深まり、紅子は甲高い嬌声を上げてしまう。

「紅子――紅子」

大鷹は何度も名前を呼びながら、彼女の華奢な身体を揺さぶり上げた。

「大鷹さ、ま……ぁあ、あん、あぁ、すごい……あぁん」

思うままに縦横無尽に突き上げられ、紅子は首をがくがくさせながら必死で彼の首にしがみつく。ぴったりと身体を繋げ同じ律動を刻んでいると、愛しい人と完全に一つになれたようで、幸福感が胸に迫ってくる。この瞬間、この世は大鷹と紅子だけになり、煌めく絶頂へ一対となって昇っていく。

「は……あぁ、あぁあ、やぁ、あああぁっ」

最奥まで突き上げられるたびに瞼の裏で光が弾け、繋がった部分から蕩けてしまい、もはやどこまでが自分なのか大鷹なのかもわからなくなる。

「あ、あぁ、大鷹、さ、ま……ぁ、もっと、もっと……」

溢れる愛おしさに、彼の耳朶や首筋にむしゃぶりつく。両脚が男の背中に絡み付き、さらに密着しようとする。大鷹のなにもかもが愛おしい。

「──紅子、いいとも、いくらでも──」

濡れ髮が穿《うが》たれるたびにきゅうっと若茎をきつく締めつけ、感じ入った大鷹の白い額に珠のような汗が浮かぶ。

「……あ、ぁん、あん、も……あ、また、達っちゃ、う……ぁ、あぁっ」

ぐらぐらと激しく揺さぶられ、何度も軽い絶頂に飛んでしまう。もはや愉悦が耐え難いものにまで変わっているのに、昇っては降り昇っては降り、それは止《とど》まるところをしらない。

「あ、も……これ以上……は、ぁ、また……あぁ、また達く……ぅ」

膣壁が激しくうねり、脈打つ陰茎を追いつめる。

「──っ、紅子、紅子、もう──私も」

「んあぁ、あぁ、お、願い……一緒に、ぁあ、来て……っ」

大鷹が小刻みに腰を穿ってくる。そのあまりの激しさに、喘ぎ声が揺れる。

「んぁあ、あ、あ、も、だめ、あ、達く……っ」

上ずりきった嬌声を上げながら、紅子は全身をびくつかせながら深く達してしまう。

「──紅子っ」

同時に大鷹が荒々しい声を上げ、どくんと欲望を解き放った。

「あぁあ、熱い……んんっ、んぁあぁ……」

続けざまにどくどくと大量の白濁が放出される。紅子の媚肉は収斂を繰り返しながら、彼の欲望を受け入れる。

「ふ……ぁ、あぁ……はぁっ……」

張りつめていた緊張が解け、二人は繋がったまま荒い呼吸を繰り返す。

満たされきったこの瞬間を大鷹と分かち合う、この多幸感がとても愛おしい。

しっとり汗ばんで弛緩《しかん》した紅子の身体を、大鷹はぎゅっと抱きしめる。

「ああなぜ私たちは二人なのだろう。こんなにも一つに溶け合えるのに――」

全てを出し尽くした後に訪れる離れてしまう身体の切なさが、紅子にも痛いほどわかった。

「……いいえ、大鷹様。私たちは半身同士なのです。二人で一人――だから、こんなにも求め合うのですわ」

大鷹が潤んだ瞳で凝視めてくる。

「その通りだ――私たちは比翼の鳥なのだな」

比翼の鳥とは、雌雄それぞれ一つの目と翼を持ち二羽が一対になって飛ぶという、伝説の生き物だ。

「そうですとも、私たちはどちらが欠けていても生きてはいけないのです」

二人は互いの瞳に映る相手の顔をじっと見た。

それからどちらからともなく顔を寄せて口づけをかわす。

「――いかん、湯冷めをさせてしまったな」

鼻を擦り合わせて大鷹がささやく。
「いいえ、すっかり温まりました」
彼の高い鼻梁《びりょう》に口づけながら紅子は答える。
ぴったり身体を密着させたまま、二人は何度も口づけを繰り返す。
彼と一緒ならなにも恐れるものはない。
紅子はしみじみそう思うのだった。

第五章　燃ゆる思ひ

その秋、帝の神社巡幸が執り行なわれることになった。

帝が都の主立った神社を参拝して回るのだ。これは帝の一代一行の大行事である。

帝は大勢の陪従を従え、煌びやかな輿に乗って移動する。都の下級貴族や民衆にとっては、唯一帝を拝顔できる機会である。特に、今生帝の大鷹のたぐいまれなる美貌と才気の評判は、都は言わずもがな地方まで広まっていた。若く美しいと評判の大鷹帝をひと目見ようと、わざわざ遠方から都に繰り出してくる民も後を絶たなかった。

今年は天気にも恵まれ農作物が豊作で、天の神に感謝し来年の豊作も願う意味でも大鷹帝の神社巡幸は重要であった。

「今年はあなたも連れて行く」

大鷹にきっぱり言われた時、紅子はもう物怖《ものお》じしなかった。

「はい、お邪魔にならないように、お供させてください」

大鷹が望むことはなんでもしてあげたいと思った。

「主上、どうか私にお任せください」

今回の巡幸の手配はいっさい引き受けたいと、関白貴家《たかいえ》が名乗り出た。

大鷹は鷹揚《おうよう》に了承した。

「うむ。貴家、頼むぞ」

「ありがたき幸せに存じまする」

平伏しながら、貴家は内心苦々しく思っていた。

（ふん、青二才の帝のくせになかなか手強《てごわ》い。今回の巡幸も、表向きは参拝だが、俺の財力を当て込み勢いを削《そ》ぐ目的もあるに違いない。知恵の回る帝だ——このままではまずいな）

今回の巡幸を機会に、貴家は一気に大鷹帝に攻勢をかける腹づもりだった。

当初は年若い帝の関白になって、政事を自由に操ろうともくろんでいた。が、このごろでは殿上人の中には大鷹の才を買い、彼側に付く輩《やから》も多く出始めている。このまま大鷹帝が力を付けていけば、いずれ藤花《ふじはな》家の独裁を排除するに違いない。もはや一刻の猶予もならない。

（この間は、更衣の襲撃に失敗してしまったからな。今度こそはあの小娘を排除し、なんとしても光子《みつこ》を入内させ、帝の妻に召し上げさせねば——）

貴家は頭の中でしきりに策略を巡らせるのだった。

吉日晴天。

内裏から帝の巡幸の行列が出立した。

大路にはすでに見物の牛車がぎっしりと並び、沿道にも帝のお出ましを今や遅しと、ひしめく民たちで溢れている。見物客目当ての物売りなども大勢たむろしている。

(まあなんという人出かしら)

糸毛車で帝の行列に加わった紅子は、物見から沿道を覗いて、その見物人の多さに息を呑んだ。

以前花葵祭の時に、路頭の儀の行列を見ようと牛車を出したことが思い出される。あの時は見物する側だったが、今度はされる側だ。華々しい気持ちと衆目を集める緊張感で、背筋が伸びる思いだ。

大鷹は列の中央に位置し、尾形の上に金の鳳凰を飾った豪奢な輿に、威厳に満ちた態度で座している。

帝のみが許された黄櫨染《こうろぜん》に桐竹《きりたけ》鳳凰文の束帯姿が、気品ある美貌をますます引き立て、そのあまりの神々しさに、多くの民たちが涙ぐんで拝んでいた。

「なんと輝くばかりのお美しさだ」

「ご立派なお姿だ。ありがたやありがたや」

沿道の見物客の賞賛の声は紅子の牛車にも届き、誇らしさで胸がいっぱいになる。


初日の参詣は大原乃神社《おおはらのじんじゃ》であった。

ここは元々藤花氏の氏神を分霊して建立した神社である。

貴家が自分の氏とゆかりの深い神社を選んだのは、それなりの魂胆があってのことだった。

無事大原乃神社での参詣が済むと、大鷹は神社の本殿の奥の座敷に招かれ、一服した。紅子も大鷹に請われ、共に水菓子などをいただいていた。

そこへ貴家が挨拶に現れる。

「主上、旅先ゆえお世話が行き届きませんが、ご不自由はございませんか?」

縁側で座して平伏する貴家に、大鷹は御簾越しに機嫌好く答える。

「いや、さすがは関白殿だ。何から何まで行き届いて整っている。大原乃の社殿の立派さにも目を見張った。藤花氏の信仰の篤《あつ》さを垣間《かいま》見た思いだ」

「恐れ入ります」

貴家は深々と頭を下げながら、さりげなく付け加えた。

「本日はちょうど壬午《みずのえうま》でございます。これは藤花の先祖がこの神社を建立した日でございまして、巡幸の総取締役を仰せつかっている私に代わりまして、娘の光子がたまたま参詣に訪れております。ご挨拶をさせていただきたく――」

貴家は「ちょうど」と「たまたま」を強調した。

紅子ははっと帝の顔を見た。大鷹はかすかに眉間に皺《しわ》を寄せて聞いている。

が、声は穏やかに答えた。

「かまわぬ」

貴家が陪従に合図すると、程なくさらさらと衣擦《きぬず》れの音がして光子が姿を現した。

縁側に腰を下ろす姿を見て、紅子は息を呑んだ。

しばらく会わないうちに、光子はぐんと美しさを増していた。

整った美貌にわずかに憂いが差し、ひどく艶かしい。桜色の唐衣に薄色の裳《も》、濃い紫や香染めの袿を重ね、しっとりと大人びた雰囲気だ。

「主上にはこの度の巡幸、誠におめでたくお慶《よろこ》び申し上げます」

その透き通った声にも色気が感じられ、紅子は同性ながらもどきりとする。

（光子様は――恋をなさっているのでは？）

大鷹に心を捧げている紅子は、そう感じられてならなかった。

（まさか――お相手は大鷹様？）

「光子殿にあられては、わざわざの参詣、誠に大儀です」

大鷹の声には深い思い遣《や》りが感じられた。

「もったない御言葉です」

その時光子が一瞬面を上げ、濡れたような目でこちらを見た。

大鷹と光子の視線が絡んだような気がした。その時、二人の間に紅子にはわからないなにか気持ちの交流が垣間見えた。

(なに？　今のお二人のご様子は？)

にわかに胸がざわつく。

紅子が不安に高まる動悸を必死で抑えようとしている間に、光子は御前から退出してしまった。

「ではしばしごゆるりと。明日は夜明け前には出立の予定ですので。後ほど女官に夕餉《ゆうげ》を運ばせます。御寝所への案内はその後にて——」

貴家が引き下がると、大鷹は肩の力を抜いて脇息《きょうそく》にもたれた。

紅子が黙ってうつむいているので、気を遣うように声をかけてくる。

「どうした？　旅などしたことがないので、少し疲れたか？」

紅子は慌てて微笑む。

「いいえ、全然。なにもかも初めてで素晴らしくて、疲れなど感じないほどにどきどきしております」

大鷹は嬉しそうに笑い返す。

「それはよかった――おいで」

手招きされ、膝立ちでにじり寄ると優しく肩を引き寄せられる。

「あ……」

大鷹は紅子の長い黒髪を撫でながら、小さくため息をついた。

「実は私はいささかくたびれた。民たちにあんなに心のこもった賞賛を受けたのは本当に誇らしく嬉しかったが――その分、彼らのためにも国をより良くせねばと、決意も新たにしたよ」

行列の間も、常に精進する心意気を忘れない大鷹に、尊敬と愛情の入り混じった切ない感情が湧き上がる。

「少し横になられたら。私は次の間で控えておりますから」

次の間には同行した山吹や柊命婦もいるので、紅子はそちらで待機していようかと思った。

「横にはなる。だがあなたはここにいて欲しい」

大鷹はそう言うや否や、ごろんと紅子の膝の上に頭をもたせかけて横になった。

「あ――ただいま箱枕を運ばせますから――」

慌てて身を引こうとしたが、彼はぎゅっと紅子の手を握って離さない。

「いい――あなたの膝枕がいいのだ」

そう言われてはそのままじっとしているしかない。

大鷹は頬を彼女の紅袴に擦りつけるようにして、深いため息をついた。

「ああ――柔らかい。極楽だ」

やはり気を張っていたのだろう、程なく彼は規則正しい寝息を立て始める。

紅子はその寝顔をじっと見つめた。

長い睫毛《まつげ》が鋭角的な頬に黒々と影を落としている。最近の激務で少し頬が削げた感じに思える。それがひどく艶っぽいのだが、痛ましい気持ちにもなる。形のよい唇が少し緩んで、無防備な大鷹に若鷹時代の面影が蘇り、紅子の胸はきゅんとなる。

彼の白い額にかかるほつれ毛をそっと撫で付けながら、愛おしげに見つめる。

「大鷹様――」

無防備に眠りを貪っている彼を見ているだけで、胸に温かいものが満ちてくる。

この溢れる気持ちをどうやり過ごそう。

半ば開いている大鷹の唇。形の良い柔らかな唇。

紅子は衝動的に自分の唇をそっと押し付ける。優しく撫でるような口づけを繰り返し、消え入るような声で言う。

「――大好きです……心からお慕いしています」

口にしてしまってから、ぽっと顔から火が出そうになる。

自分から彼に口づけし愛の言葉をささやくなど、羞恥で穴があったら入りたいくらいだ。でも、そうせずにはいられないほど彼が愛おしかったのだ。

思い切ってもう一度口づけをしようと顔を近づけると、ふいに大鷹がぱっと目を開いた。

「きゃ……っ」

もろに視線が合って、紅子は耳朶まで真っ赤に染める。しかも彼の目は悪戯っぽく眇められている。

「あ——お目覚めですか？」

大鷹はにこりとする。

「ずっと目は醒めている」

「え？　じゃ……」

あまりの恥ずかしさに、全身の血が逆流しそうになった。

「ひどい……お人が悪い！」

それでは自分のはしたない行為は全て知られていたのだ。

「あんまりです！　私を面白がっておられたのね！」

両手で顔を覆って首を小刻みに振る。耳朶まで真っ赤に染まった。

すると大鷹が改まった口調になる。

「そんな——心から嬉しかったのだ」

「……」

おそるおそる両手を開いて、そっと膝の上の大鷹を見下ろすと、彼はひどく生真面目な表情になっている。

「ずっと、あなたから私に気持ちを吐露してくれるのを待っていた」

「え……？」

「私と面している時は必ず答えてくれたが、内心それでは不安だったのだよ。あなたは私の情熱に流されているだけではないのかと――」

「そ、そんな……」

「あなたの真心を疑ったりして悪かったが――ふっと頼りない心持ちになることもあったのだ」

「嘘《うそ》――大鷹様が……」

紅子はずきんと胸が痛んだ。帝の地位に就き、知性も美貌も飛び抜けている大鷹が、そのような心もとない気持ちでいたことなど、考えたこともなかった。彼はいつでも愛情に溢れ自信に満ちているようにしか見えなかったのだ。

紅子は大鷹の額に自分の頰を寄せた。

「ごめんなさい――大鷹様のお気持ちを少しも思い遣らないで……」

柔らかな頰を擦りつけて、小さいがはっきりとした声で繰り返す。

「好きです、大好きです。私には大鷹様しかいません。今までもこれからも、私が心捧げる殿方は、大鷹様以外にはおりません」

「──紅子」

彼の手が伸び、紅子の頭を引き寄せたかと思うとしっとりと唇が塞がれた。

「……んっ……」

紅子は自分の気持ちを伝えるように、積極的に舌を差し出す。

すると待ち受けていたように大鷹の舌が絡まってくる。

「ふ……んぁ……んん……」

ぬるぬると熱い感触に、背中がぞくりと震える。

「ぁ……んぅ、ん……」

くちゅくちゅ淫らに唾液を弾かせ、気持ちを伝え合うようにきつく舌を擦り合わせる。

「好き……好きです」

息継ぎの合間に、何度も繰り返した。

「紅子──美しき言、尽くしておくれ」

大鷹の唇が、彼女の燃えるような熱い頬や耳殻を這い回る。

「どうしようもないくらい、お慕いしております」

「もっと──」

彼の唇が耳朶を咥えて、優しく甘噛みする。その刺激に、ざわざわと下腹部が妖しく疼いてくる。

「朝も夕も、大鷹様のことばかり想っています。一緒にいない時でも、私の魂はいつでもあなたのお側にあります」

どれほど言葉を尽くしても、この胸に迫る熱い気持ちを伝えきれない。

「もっと――」

大鷹のぬるつく舌先がねっとりと耳孔を掻き回すと、甘い愉悦が走りぞくぞく腰が震えてくる。紅子は膝の上の男の頭を揺らさないように、疼く太腿の狭間をぎゅっと閉じ合わせる。

「千も万も言葉を尽くしても、私のこの気持ちはお伝えしきれません」

紅子は声を震わせる。

「紅子――」

感極まった大鷹は、両手を伸ばしてぐっと紅子を引き寄せた。

「あっ……」

勢い余って彼の身体の上に倒れ込んでしまう。

その華奢な身体が骨も折れよとばかりに抱きしめられる。

「……苦し……」

身じろぎする紅子の身体を抱きすくめながら、大鷹は表着を脱がせ、一枚また一枚と袿を剝いでいく。

「や……だめ……社殿で……」

小袖姿にされ、布地の上から胸元を弄られるとじわりと子宮が疼き、紅子は身を捩って抵抗する。

「かまわぬ——紅子にこんなにも慕われているかと思うと、淫らな気持ちになるのは当然だろう」

大鷹が熱を帯びた声を出す。

「だ、だって、大鷹様が言えと……あっ」

合わせから手が忍び込み、きゅっと尖った乳首を摘み上げられ、思わず甘い声が漏れた。

「そら、この愛らしい尖りがもうこんなに硬くなって——」

くりくりと押しつぶすように揉みこまれると、ひくんと子宮が反応し身体から力が抜けてしまう。

「……だめ、あ……ぁん」

大鷹の身体の上にのしかかるような格好で、身悶えする。はらりと小袖の前が開かれ、柔らかな乳房がまろび出た。

「ん——いい香りだ、そして搗《つ》きたての餅のように柔らかい」

大鷹が乳房の間にふかっと顔を埋めて、深々と息を吸う。

「あ、やぁ……」

彼の高い鼻梁や熱い唇の感触がくすぐったくも心地好く、甘えるような声が出てしまう。

「そして茱萸《ぐみ》の実のように赤く甘いここ——」

凝ってきた乳首が口腔に含まれ、ころっと転がされる。

「ふ……ぁ、あぁっ」

先端がじんじん痺れ、愉悦が下腹部の中心めがけて走る。

「ああもうこんなに硬くなってきた」

舌先で乳輪から尖りを丁重に舐められると、下肢が蕩けそうなほど心地好い。

「ひ……ぅんん、だめ……ぁあ、しないで……」

敏感になった乳首を口唇で扱かれると、どうしようもない疼きが全身を駆け巡る。

ぶるぶる首を振ると、下から大鷹が愛おしげに見上げてくる。

「すっかり感じやすくなって——私好みの紅子になって」

紅子はおずおずと彼の視線を捉える。

「こんな……猥《みだ》りがましい私でも……？」

「とんでもない——あどけなく初心な風情のあなたが、睦言ではこんなにもいやらしく淫らになる——その姿を知るのは私だけだという、こんな満ち足りた幸福な気持ちはない。いくらでもあなたを乱したくなる」

そう言うや否や、大鷹は紅子の軽い身体を抱き上げてくるりと位置を反対にした。

「あっ、恥ずかし……いっ」

畏れ多くも帝の顔を跨ぐ形になり、紅子は小さな悲鳴を上げた。

「私に全てを晒《さら》してごらん」

大鷹が両手で柔らかな太腿をぐっと押し開いた。

「あ……きゃ……」

真下からぱっくり開いた秘所を覗かれ、あまりの恥ずかしさに全身が粟立《あわだ》つ。

「なんと美しい。今盛りと花開く蓮《はす》のようだ」

男の熱い息が薄い茂みをそよがせ、視線がちくちく股間にこそばゆい。

「濡れてきたぞ。私に見られて、感じてしまった？」

彼の指先がぬるりと陰唇を撫でる。

「ふ……あっ……」

ひりつく刺激に腰がびくっと浮く。

「そら、可愛い突起も膨れてきた」

面白そうな声でびくつく秘玉を突かれると、ぞわぞわと背中に愉悦が走る。

「やぁ、だめ……です」

心もとない声を出すと、

「物欲しげにぱくぱくしているではないか。好きなだけ舐めてやろう」

大鷹は両手で紅子の丸い尻たぼを摑むと、そのまま股間に顔を埋めた。

「ひっ……あふぅ……ぅ」

ぬるつく舌が蜜をたたえた陰唇を舐めしゃぶる。どくどく脈打つ秘玉が、口腔に吸い込まれ強弱を付けて吸い上げられる。

「はぁっ、やぁ、だめ……ぁあっ……んぅ」

せり上がる喜悦に、喉の奥から甘い喘ぎ声が漏れ出てしまう。

「熱い蜜がぽたぽた滴ってきたぞ」

戦慄く蜜口を、長い舌がぐちゅぐちゅと淫猥な音を立てて掻き回す。

「んぅ、そんな……言わないで……はぁっあ」

腰が砕けそうなほど感じてしまい、紅子は畳に両手を突いて必死で耐える。情欲に火が付いて、もっと欲しいとばかりに腰がはしたなく揺れてしまう。

「――紅子、私のものもしゃぶってくれるか？」

大鷹にくぐもった声で懇願されて、紅子には否応もなかった。

「……は、はい……」

眼下には男の下肢がある。そろそろと袴を寛げると、すでに屹立している肉棒がぬっと頭をもたげる。両手でそっと肉茎の根元を包み込むが、逡巡してしまう。このような恥ずかしい格好で奉仕するのは初めてなのだ。

「――さあ」

大鷹が促すように言って、ひりつく粘膜に溢れる愛蜜をちゅうっと吸い上げる。

「はぁっ、あぁっ……」

快感に脳芯が痺れる。手の中の男の欲望がびくびく誘うように脈打つ。

「ふ……んぅ、んん……」

鈴口から溢れる先走りの甘酸っぱい香りに誘われるように、太い先端を口唇に咥え込む。

「んぅ、んんんぅ……」

小さな口で猛々《たけだけ》しい欲望を必死で呑み込む。

「……ふ……ん、んんっ、んぅ……」

ごつごつと太い血管の浮いた肉胴に舌を押し付け、唇に力を込めてきゅっきゅっと扱いていく。

「――そうだ、いいぞ」

感じ入った声を出しながらも、大鷹も負けじとばかりにひくつく柔襞を舐り回す。

「ふぁあ、は、んん、んぅん……」

口腔でびくんと大鷹の欲望が震えると、彼も気持ち好くなっているのだとわかり、胸の奥が熱くなり身体がますます昂ってしまう。

「……あ、ふぅ……んん、んっ」

赤い舌先で亀頭のくびれをなぞり、鈴口の割れ目にまで差し入れるとさらに先走りが溢れ返り自分の唾液と入り混じり、大鷹の肉棒と股間をぐっしょりと濡らした。

するとお返しとばかりに、ちゅうっと音を立てて秘玉が強く吸い上げられる。腰が蕩けそうなほど感じてしまい、太腿の内側がぶるぶる震える。

「く……っぅ、ふぅ、んぅうぅっ」

口いっぱいを剛直な肉棒で塞がれ、喘ぎ声も上げられない。抑え込んだ欲望が全身を駆け巡《めぐ》り、頭が煮え立つ。笠の張った亀頭から、とめどなく吹き出す先走りの濃厚な雄の匂いで、目眩《まい》がしそうだ。

あおられた情欲が、もっと満たして欲しいと追い立てる。

「ふ……ぅ、んぅ、んんんぅ……」

喉奥まで塞いでくるこの欲望の塊で、疼きあがった膣腔を思い切り突き上げて欲しい。しかし、そんなはしたない要求はできず、必死に頭を振り立てて灼熱の肉棒に舌を這わせていく。

だが大鷹の巧みな舌使いで、うねる濡れ襞を掻き回され、ひくつく秘玉を口腔に吸い上げられると、あまりの快感に全身が震え、自分の動きが緩慢になってしまう。

「……は、ぁあ、あ、大鷹、様……ぁ」

含んでいた切っ先を吐き出し、縋るような声を出してしまった。

「——欲しいのか?」

溢れる蜜を啜りながら、彼が尋ねる。

「……は、い……」

恥ずかしくてたまらないが、この耐え難い甘い疼きから解放されたくて素直にうなずく。すると大鷹が思いもかけないことを言う。

「そのまま、自分で挿入《い》れて、動いてごらん」

「え？　あ、このままで……？」

まだ男の顔を跨いだ姿勢のままだ。

このままだと、彼に背中を向けたまま行為をすることになる。そんな体位でできるものなのだろうか？

大鷹が紅子の臀部《でんぶ》をそっと押しやる。

「この形だと、私に顔を見られずに済むだろう？　好きなだけ乱れてよいのだよ」

「や……そんな……」

確かに対面の体位では、感じ入って乱れた自分の表情が丸見えで、恥ずかしくてならなかった。でも、こんな形でできるものだろうか？

紅子の戸惑いを感じたのか、彼が小さく笑う。

「大丈夫だ。獣の形から身体を起こしたと思えばよい」

「やぁっ……っ」

その体位を想像して、恥ずかしさに全身が桜色に染まった。

それでも情欲の疼きは耐え難く、そろそろと身を起こし大鷹に背中を向けたまま、彼の股間を跨ぐ。

先走りと自分の唾液で赤黒く濡れ光る肉刀が、誘うようにびくびく震えている。

「あ……ぁあ……」

肉茎の根元に手を添えて、そろそろと股間の中心に先端をあてがう。

濡れそぼった陰唇をぬるぬると亀頭が滑る。向かい合っている時と勝手が違い、紅子は何度も腰を揺らすが、なかなか核心に挿入れられない。

「ん……あぁ、入らない……ぁん」

泣きそうな声を出してもどかしげに腰を蠢かせていると、ふいに膨らんだ先端が蜜口の浅瀬にくちゅりと入った。

「あっ……」

熱い塊に押し出されるような感覚にびくりと身体が引けそうになるが、思い切ってそのままじわじわと腰を落としていく。

「ふ……ぁ、あ、ああん」

後孔から押し込まれたような切ない感覚に、紅子は艶かしい声を上げる。

「んんっ、あ、深い……っ」

張り出した亀頭を収めるのにしばらく四苦八苦したが、それが収まると、あとはずぶずぶと最奥まで呑み込んだ。

「あぁ、あ、なんか……変……」

初めての感触に紅子は戸惑う。まだ挿入しただけなのに、すでに脳芯までじーんと痺れている。これで動いたらどうなってしまうのかと思うと、怖くて腰が使えない。

「そうだ、全部挿入ったね」

ふいに大鷹がずんと下から腰を突き上げた。

「ひあぁっ、あ、だめっ……っ」

一瞬脳裏が喜悦で真っ白に染まり、紅子は悲鳴を上げる。

「だめじゃないだろう？　さあ、もっと気持ち好くなるように動いて」

「ん……は、はい……」

おそるおそる腰を持ち上げ、再び下ろしていく。

「く……ふぁ、あ……ぁ」

膨れた先端がぐりぐりと感じやすい膣壁を擦りながら、今までと違う箇所を刺激する。

「んぅ、あ、ぁあ、いやぁ、あぁあん」

いやいやと首を振りながらも、その新しい刺激が心地好くて淫らに腰をくねらせてしまう。はしたなく喘ぐ顔を大鷹に見られないという安心感から、次第に腰使いが大胆なものになる。

「あっ、あぁん、はぁ、あぁっ」

ぐちゅんぐちゅんと肉の打ち付ける淫らな音が響き、後孔から背筋を突き抜ける快感が尻上がりに高まり、白い喉を反らせて嬌声を上げてしまう。

「ああ——猥りがましくて——好いよ、紅子」

紅子にはわからないが、大鷹からはよがる顔は見えない代わりに、赤く爛《ただ》れた秘裂に男の肉茎が抜き差しする淫らな様が丸見えになっているのだ。その上に、桃のような形のよい尻が上下にぷるぷると揺れ、長い黒髪が白い背中に乱れ流れ、あまりに淫猥で劣情をあおる姿だ。いつも以上に男の屹立が勢いを増していることに、紅子は気がつかない。

「あぁん、あん、あぁ、当たるの……ぉ、あぁ、いやぁん」

赤子のような舌足らずな甘声を上げ、腰を淫らに振り立てた。

「——すてきだ、紅子」

大鷹が両手を伸ばし小刻みに揺れる紅子の双臀を摑むと、ぐっと自分の腰に打ち付けるようにする。

「は……ひぁっ、あ、だめ、壊れちゃう……だめぇっ」

子宮口まで深く抉《えぐ》られ、紅子は四肢まで甘く痺れて啜り泣く。紅子が腰を落とすのに合わせて、大鷹が腰を突き上げてくると、あまりに感じ入ってしまい意識が朦朧としてくる。太茎が先端の括れまで抜け出る時に、ぐりっとひりつく秘玉を擦り上げていくのが愉悦に拍車をかけ、自分でももうどうしていいかわからないまま、切なく肉胴を締めつける。

「——っ、紅子」

背後で大鷹が息を乱す様が嬉しくて、もっと彼を感じさせたいと思う。

「ふぁ、あぁ、大鷹様、いいですか?」

腰を上げる時に思い切りいきむと、媚襞がきゅっと男根を締め上げそれが自分でも気持ち好く、やめられない。

「極楽だ——あなたの中は」

そうささやかれ、背中がぞくりと震えるほど嬉しく感じ入ってしまう。

「う、れしい……あぁ、私、私も……」

愉悦で脳髄まで蕩けてしまいそうで、嬌声を張り上げることでかろうじて意識を保っているようだ。

「ああ——またいやらしい蜜が溢れてきたね」

「え? あっ……見ちゃ、だめぇ……っ」

やっと自分の淫らな部分が丸見えになっていることに気がつき、紅子は肩越しに涙目で大鷹を見る。

「いいや、もっと見たい——見せてくれ。あなたが乱れる様が見たい」

そう大鷹に請われては、否応もない。

「あぁ、いやぁ、そんな……ぁあぁん」

彼の視線を意識すると、さらに媚肉が蠢きこぽりと愛蜜が溢れ出てしまう。あまりに感じすぎて、もはや自分の体勢を保てなくなり、大鷹の両膝をぎゅっと掴んで必死に腰を振り立てた。

「あっ、あぁっ、はぁっ、あぁぁん」

ぐっちゅぐっちゅと泡立った淫蜜が、音を立てて弾ける。

「んぁ、あ、奥……も、う、だめ……もう、これ以上……」

目尻から感極まった涙がつつーっとこぼれ落ちる。

「いや——ここも物欲しげにひくひくしている」

ふいに長い指が、後ろの窄《すぼ》まりを弄ってきた。

「ひぅ……そこ、だめ、触らないで……っ」

異質な感触にびくんと腰を震わせると、濡れ襞がさらに肉胴を締め上げる。それが大鷹には
たまらない快感のようで、容赦なく後孔を弄り回す。

「指——入りそうだ」

溢れた愛液を塗りたくった指先が、ぐぐっと後孔を圧迫してくる。

「ひぁっ、あ、やぁ、そこ、ぁあっ……」

その悲鳴に甘やかな喜悦が混じっていることを、大鷹は聞き逃さない。

「感じているのだな、紅子」

ずるりと愛液のぬめりを借りて、男の指が後孔に侵入してくる。

「く、うぅ、あ、違……っ、ひ、ひぁあっ」

膣壁の後ろ側に指が入ってくる感覚に、腰ががくがく震えた。

「――っ、締まる」

大鷹が低く呻いて、後襞の中でぐりっと指を掻き回す。

「……ひぃう、あ、ぁあ、だめ、熱い……の、熱い……っ」

後孔の奥から、なにかぽってりと重苦しい熱いものが湧き上がってきて、背中から全身に異様な刺激が拡がる。

「ふぁ、だめ、あ、だめ、変……に、あぁ、変になっちゃ……う」

膣壁一枚を隔てて、ぐちゅぐちゅと指と肉棒が擦れ合い、瞼の裏にめくるめくような火花が飛ぶ。灼《や》け付くような圧迫感に、紅子は太腿を震わせながら身悶える。

「んぅ、んっ、あぁ、どうしよう……止まらない……ぁあ、止まらないのぉ……っ」

次第に灼け付くような熱さに不可思議な甘い痺れが加わり、前も後ろもどうしようもないほど感じてしまう。

「いいよ、紅子――変になっても――私がしっかり抱きしめてあげるから」

大鷹の声が切羽詰まったように掠れてくる。

「あん、あぁ、大鷹、様……だめ、あぁ、おかしく、なって……ぁああっ」

逃げたいくらいの快感なのに、腰を振り立ててしまう。

もっと淫らに。もっと気持ち好く。

「あっ、あっぁ、も、どうしよう……ぁあ、も、達く……あぁ、だめぇ」

めくるめく愉悦で頭の中が朦朧とする。ぐんぐんせり上がってくる絶頂の波は、今までにないほどに熱く大きい。

「いいよ、紅子——淫らにお達き」

大鷹ががくがくと腰を打ち付けながら、後襞の中で指をぐちゅぐちゅと小刻みに振動させた。

ぱあんと頭の中で閃光《せんこう》が弾ける。

「あぁあぁ、達くぅ……達く……うぅ、あぁあぁあぁっ」

びくんびくんと全身が痙攣《けいれん》した。

前の孔も後ろの窄まりも、同時に激しく収斂を繰り返す。

「——紅子っ」

ぶるんと大鷹が胴震いした。

どくんどくんと、熱く激しい奔流が最奥に注ぎ込まれる。

「あぁああ、熱い……あぁ、熱い……のぉ……っ」

力つきた紅子は、がくりと前のめりに倒れ込んだ。

男の膝に顔を押し付けて、華奢な肩を震わせて息を継ぐ。

隘路の奥で、びくびくとまだ男の欲望が跳ねている。

「……は、ふ……はぁ、はっ……」

ぐったり喘いでいると、ずるりと後孔から指が引き抜かれ、

「んぅうっ」

その抜け出る喪失感に、再びぶるっと感じてしまう。

「——ぁ、あ……」

汗ばんだ身体をゆっくり起こすと、今度は媚腔から欲望を出し尽くした肉塊が抜け出ていく。

くぷりと白濁が愛液とともに溢れ出た。

「……大鷹様……」

這うようにして身体の向きを変え、彼の胸に顔を寄せる。

「素晴らしかった——紅子があのように乱れるとは」

大鷹がうつ伏せている紅子の顎の下に手を差し入れて、起こそうとする。

「……いやぁ、だめ、見ないで……」

今の自分がどんなにはしたない表情をしているだろうと思うと、とうてい顔を上げる気にならない。いやいやと抵抗したが、小さな顎を優しく摘まれて顔を上げさせられてしまう。

潤んだ男の瞳と目が合う。

「いやじゃない——なんて美しい——この世で一番淫らで美しい顔だ」

しみじみ言われ、紅子は泣きたいほどの幸福感に包まれる。

「好きです——大鷹様」

もう恥ずかしい気持ちは霧散していた。まっすぐ彼の目を見て、心を込めて言う。

「私もだ――この世であなただけを、いつまでも――」

二人の顔がゆっくり近づき、優しく愛を伝え合う口づけを繰り返す。


その晩は、社殿の奥の広い板敷きの部屋を几帳や襖《ふすま》で仕切って、巡幸に同行する女官や陪従たちの寝所にした。

帝のためには廊下を隔てた小さめの別室を寝所とし、御帳台が立てられた。

紅子は茵の上に大鷹と寄り添って寝《やす》んだ。

子《ね》の刻を過ぎた頃だろうか。

肩口がすうすうするので、ふっと目が醒めた。

かけていた綿入れの衾《ふすま》がずれていたのだ。寝ぼけ眼で衾を引き寄せようとして、はっとした。

傍らにいるはずの大鷹の姿が見当たらない。

(どちらへ――?)

手洗いだろうかと御帳台の几帳を持ち上げ、そっと樋箱《ひばこ》のある部屋の隅を窺うがしんとして気配がない。

こんな夜更けにどうしたのだろう。隣の部屋で寝ている女官に声をかけようかと思ったが、ふと大鷹は月を観賞するのが好きなことを思い出す。

(今夜は確か大鷹様の好きな十六夜《いざよい》の月。もしかしたら眠れないままお月見に――?)

表着を羽織ると、紅子は足音を忍ばせて廂《ひさし》から簀子に出た。

高欄にもたれて夜空を見上げると、月は雲に覆われてぼんやりと霞《かすみ》がかかっている。大鷹の姿は見当たらない。

(おられないのかしら?)

と、夜風にのってひそひそと話し合う声が聞こえてきた。側の半ば開いた妻戸の先の部屋からだ。

男女の声だ。しかも片方はどうやら大鷹らしい。

紅子は胸の鼓動が速まるのを感じながら、おそるおそる妻戸に近づく。

立てかけた几帳の向こうからかすかに燈台《とうだい》の灯りが漏れている。男女の黒い影がそこに映っている。

女は啜り泣いているような声だ。

紅子はその声を聞いてぎくりとする。鈴を転がすような澄んだ声に聞き覚えがあった。

(光子様!?)

にわかに胸の動悸が激しくなる。

(なぜ!? なぜこんな夜更けに、お二人が忍んでお会いしているの?)

はしたないことだとは思ったが、開いた妻戸から顔を覗かせるようにして聞き耳を立てる。

「――心から、お慕い申し上げているのです」

涙まじりだが光子の声がはっきり聞こえた。

「あなたのお気持ちはよくわかった。悪いようにはしない。どうか私を信じて欲しい――」

大鷹の声は思い遣りに溢れている。

紅子は我が耳を疑った。

(なに⁉　どういうことなの⁉　光子様と大鷹様が――⁉)

頭に血が昇り、ぐるぐる目の前が回る。

「なにとぞ、なにとぞよろしくお願いします」

光子の嬉しそうな声。

(嘘――！　そんな、そんなこと――！)

耳孔の奥でばくばくと動悸が激しく鳴り響き、目の前が真っ暗になる。

頭の中がきーんと鳴って、もはや二人の会話を聞き取ることすら満足にできない。

(お二人が、お心を通じ合っていたというの‼　私に隠れて、密会なさっていたというの⁉)

足元がぐらぐら揺れ、ぽっかりと奈落が開いて真っ逆さまに身体が落ちていくような気がした。妻戸を開いて、中に飛び込み大鷹に真意を問いただしたい衝動に駆られる。しかし、そんなはしたない行為ができるはずもない。

「光子殿には幸せになってもらいたい、心からそう願う」

大鷹の声はどこまでも優しげだ。

「……っ、私……嬉しくて……」

光子が涙声を詰まらせる。几帳の向こうの男の影が、そっと光子に近づくような素振りを見せたような気がした。

（もう耐えられない！　これ以上いたたまれない……！）

紅子は簀子に貼り付いたようになった足に必死に力を込め、よろよろとその場から立ち去った。頭の中はどす黒い妄想でいっぱいになる。

（まさか、まさか――お二人はずっと忍んでお会いしていたの⁉）

そんなばかな。

大鷹は紅子だけを永遠に愛おしむと言ってくれたのに。

だが光子は「お慕い申し上げているのです」と、きっぱりと言っていた。そして大鷹はその言葉を拒否しなかった。

頭ががんがんした。紅子は縁側の途中で力つき、ふらふらと崩れ落ちてしまう。

目にどっと涙が溢れてくる。

（嘘よ、嘘よ、嘘よ……！）

何度も自分に言い聞かせた。

しかし、頭の中に美しい光子と玲瓏な大鷹が寄り添う姿が浮かんできて、消し去ることができない。二人が熱い抱擁を交わす妄想が頭を満たし、何度もそれを振り払うように頭を振る。疑惑、嫉妬、自戒、絶望、否認、困惑、自棄——負の思考が煮え立った脳裏に渦巻き、苦しくて息もできない。

月はすっかり黒雲に隠れ、辺りは墨を流したように暗く足元もおぼつかない。どれほどの時間、縁側にうずくまっていただろう。ようやく我に返った。

（あ——ここは、どこ？）

初めての社殿の中で、紅子は立ち往生した。

「……誰か」

人を呼ぼうとして、思わず口をつぐむ。今の自分がどれほど惨めで醜い絶望的な表情をしているかと思うと、誰にも顔を合わせたくない。とめどない涙が頬を伝って流れ落ちている。

「……紅子様ですか？」

ふいにどこか暗がりから声をかけられた。見知らぬ男の声だ。

「え？　どなた？」

振り向こうとしたとたん、背後から乱暴に腰を摑まれた。

「——!?　ぐ……ぅ」

恐怖を感じる前に濡れた布切れが口元に押し当てられ、甘い香りが鼻腔を満たし、息が詰まった。

すとんと意識が真っ暗闇の底へ落ちていった——。


「……あ……？」

どのくらい経ったのだろう。ぼんやりと意識が戻ってきた。

重い瞼を無理矢理上げると、狭く薄暗い納戸のような部屋にいる。格子窓一つなく、部屋の隅に小さな燈台が点っているだけだ。

板張りの床に直《じか》に寝かされていた。身を捩ると、ずきんとあちこちに激痛が走る。

「——く……ぅ」

呻き声がうまく出せない。それもそのはずで、口に手拭のような布で猿ぐつわが噛まされていたのだ。意識がはっきりしてくると、両手首は赤い紐で後ろ手で括《くく》られているのに気がついた。

（!!　なんなのこれは!?　どうして私が——!?）

頭が混乱してなにがなんだかわからない。

（助けて！　誰か——大鷹様！）

心の中で大鷹を呼んだとたん、彼と光子が密会していたことをありありと思い出した。

（どうして――⁉　なぜこんなことに……！）

恐怖と絶望で涙が溢れてくる。

猿ぐつわのせいで声を上げることもできず、紅子は床の上に横たわったまま身を震わせて泣き続けた。

第六章　今ひとたびの

どれほど時間が経ったろうか。

もう夜が明けた頃だ。

涙も涸《か》れ果てた紅子は、打ち捨てられたように床に転がっている。

じっとして耳をすませていると、かすかにしとしとと雨の降る音がどこからともなく聞こえてくる。

（雨――そういえば昨夜は朧月《おぼろづき》だった……）

いったい事態がどうなっているのか、紅子はさっぱり把握できない。なぜ自分がこのように捕われているかも理解できない。

もう大鷹は出立してしまったのだろうか？　よもや自分を捨てて出ていくとは思えない。

（私がふいに姿を消して、きっとひどくご心配なさっているに違いないわ）

彼の気持ちを慮り、胸がきりきり痛む。

しかし心の隅に、ほの暗い気持ちが湧く。

（それとも――光子様と一緒に――私などもう、用はないのかもしれない）

昨夜の二人の意味深な会話が頭をぐるぐる駆け巡る。紅子はぎゅっと目をつぶり頭を振る。

（だめ……！　心乱してはだめ！　大鷹様だけを信じるの）

自分に必死に言い聞かす。

あんなにも美しき言をささやいて、あんなにもくるおしく身体中を愛でてくれたではないか。生涯紅子だけだと、何度も誓ってくれたではないか。どんなことがあっても、彼を信じ彼についていくと決めたではないか。

（きっときっとわけがあるに違いない。きっと私を捜してくれるはずだわ）

心の中で自分を励まし、大鷹の名を呼び続ける。だがなぜ自分がこのように拉致されたのかもわからないまま、暗闇に転がされている恐怖は耐え難い。次第に意気消沈し、身も心もぐったりとしてくる。

突然、がたがたと閂《かんぬき》が外れる音がした。

「こちらです」「うむ」

ぼそぼそと男たちの声がする。

はっと顔を上げると、ぎいっと軋《きし》みながら目の前の低い木戸が開いた。

従者姿の男の後から、のそりと黒い人影が二人、中へ入ってきた。

「これはこれは、大変失礼を申し上げた。紅子更衣」

耳障りな野太い声の男だ。みしみしと床をしならせ、男が近づく。

目の前に立った男の顔を見上げ、紅子は驚愕に目を見開く。

藤花貴家だった。

「手荒いまねをして申し訳なかったのう、紅子殿」

彼は太った赤ら顔をにたりと歪ませる。

紅子はその悪辣な表情に心底ぞうっとして息を呑む。

「先ほど、雨模様のため主上は牛車で御出立なさった」

紅子は頭を殴られたような衝撃を受けた。では大鷹は、自分を置き去りにしていったというのか？　あり得ない、そんなことはあり得ない。

「嘘よ！」

猿ぐつわのせいで、くぐもった弱々しい声しか出ない。

「残念ながら、あなたは捨て置かれたというわけだ」

貴家がゆっくり腰を下ろし、床に横たわっている紅子の華奢な身体を乱暴に引き起こした。

「――っ」

縛られた全身が軋むように痛んだ。

「お気の毒だが、あなたはここから死ぬまで出られない。この社殿はな、私が奉納したもので、なにごとかあった時のために、あちこちに隠し部屋を作らせたのだ。ここもその一つの、屋敷牢《ろう》だ」

紅子は怯《おび》えた目で貴家を見つめる。

「悪いが、主上の側にあなたがいては私が迷惑なのでね。あなたさえ消えれば、主上も光子をお側にはべらせてくれよう。内裏の池では失敗してしまったが——今回はもう、あなたを助けるものは誰もおらぬでな」

身体が恐怖で小刻みに震えてきた。それでは、あの池での事件もこの男の差し金だったのだ。自分を亡き者にしようと企んだのだ。

「おや、そんなに怖がらないでもよいではないか。私とて鬼ではない。もはや命までいただこうとは思わぬよ」

貴家は細い目をさらに眇めて、じろじろ紅子を睨《ね》め回した。

「ふむ。主上が夢中になられるだけはある。これはまた梅の蕾《つぼみ》のように初々しくお美しい——」

むっちりした貴家の指が頬を撫でた。あまりの嫌悪感に、全身に鳥肌が立った。

「透けるように色が白い。どこもかしこも柔らかそうだ」

貴家が舌なめずりをせんばかりに身を寄せてくる。

小袖しか身に纏《まと》っていないので、身体の線が露わになっているのに今さらながら気がつく。

紅子は首を激しく振ってその手から逃れようとした。

「叔父上、一人で楽しんでいてはずるいではありませぬか。全ての手はずを整えたのは私ですから、褒美は私がいただきたいものですな」

背後に佇《たたず》んでいたもう一人の巨漢の男が、ずいっと前に出てきた。藤花路綱《ふじはなのみちつな》だ。

貴家が苦笑いして、一歩後ろへ下がる。

「ふむ、お前の言うことももっともだな。では、この娘はお前にやるとしよう」

「ありがたき幸せ」

路綱がにやりと笑って紅子を眺めた。貴家によく似た風貌だが、若い分もっと脂ぎってぎらぎらとしている。紅子は必死で後ずさりする。

「そんなに嫌がらなくてもよいではないか。ここで飢えて死ぬより、大人しく私に身を任せて命乞いした方が得策だぞ。悪いようにはせん」

路綱がずしずしと近づいてくる。

紅子は喉の奥で悲鳴を上げる。

「あなたなんかに身を穢されるくらいなら、死んだ方がましです！」

そう叫んだつもりだったが、押し殺した嗚咽のような声しか出ない。

「主上を惑わせたその身体の味を、ぜひ私にも確かめさせていただこうか」

路綱の鼻息が、暴れ牛のようにふうふうと顔にかかってくる。

あまりの恐怖に心臓がぎゅうっと縮み上がった。

（いやぁ、助けて！　大鷹様！）

紅子は後ろ手を括られたまま、身体を捩ってその手から逃れようとした。しかし狭い屋敷牢の中では、すぐに板壁に追いつめられてしまう。おまけにがむしゃらに動いたので、小袖の裾が大きく割れ、すんなりした白い脚が太腿の辺りまで剝《む》き出しになってしまった。

「おやおや、自分から誘うとは――顔に似合わず淫らな姫君だ」

路綱の目が欲望にぎらりと光った。

そのがっちりした手が肩にかかった時、紅子はぎゅっと固く目を閉じた。猿ぐつわをされているので、舌を嚙んで自害することもかなわない。

「なんと見事に豊かな黒髪だな、それに絹糸のように柔らかい」

紅子を引き寄せた路綱は、彼女の黒髪に指を埋め込んでその感触を楽しむ。いやいやと首を振ると、艶やかな黒髪が艶っぽくさらさらと左右に流れ、逆に男の情欲をあおってしまう。

「この白い肌――」

むっちり湿っぽい手が、足を撫で回す。そのねちっこい掌が、太腿を撫で擦《さす》ったとたん、ぞわっと寒気が襲う。

（いやぁ、気味悪い！　怖い、いやぁっ）

足を折り曲げ身体を捻り、触れさせまいと必死で抗う。しかし巨漢の路綱は、華奢な紅子をやすやすと板敷きの床に組み敷く。

「存分に楽しませてあげよう」

「おいおい路綱、少しは自重せぬか」

側で見ている貴家の声がせせら笑っている。

悪鬼の影のように路綱にのしかかられ、あまりの屈辱に気が遠くなりかけた。目が涙で潤み、呼吸困難で頭が朦朧としてくる。

路綱が紅子の両膝に手をかける。ぎゅっと渾身の力を込め、足を開くまいと抵抗する。

「無駄なあがきじゃ」

凄《すさ》まじい男の力で、やすやすと両膝が割られてしまった。

「ううっ……っ」

紅子は絶望のどん底に落ち、固く目をつぶった。そして愛おしい大鷹の顔だけを脳裏に思い浮べる。もはや逃れる術はなく、守れるものは心だけだった。穢されるこの身など、いくらでもくれてやろう。でも、心だけは決して奪われるまい。

ぐったり身体の力が抜ける。路綱はそれを同意の意志だと勘違いした。

「そうだ、女子は素直な方がよい」

しゅっしゅっと、路綱が袴の腰紐を外す耳障りな音がする。紅子は目を閉じたまま顔を背ける。そして胸の中で何度も繰り返す。

(愛しています……大鷹様、愛しています)

「貴家、路綱、私の妻を返してもらおうか！」

ふいに、凛《りん》とした声が屋敷牢に響いた。

「ひ……!?」

路綱がびくんと弾かれたように跳び上った。貴家もさっと青ざめて振り返る。

(あの声は!?)

紅子はぱっと目を開けた。

開いた木戸のところに、立ちふさがるように長身の大鷹の姿があった。

「!?　主上――!!」

路綱は息を呑み、腰を抜かしたように床に這いつくばった。

大鷹が音もなく中に入ってきた。そして刃《やいば》のような鋭い視線を貴家と路綱に注ぐ。

「やはり、お前たちの企みであったのか」

貴家は顔を真っ赤にし、口ごもりながら言う。

「な、なんのことでしょう――私は行方知れずになられた更衣殿を捜して――」

「黙れ！」

低いがぞっとするほど冷酷な声だ。

激昂《げきこう》している――紅子もかつて見たことがないほど、大鷹は激怒しているのだ。

「かねてより、お前らが紅子を疎ましく思っていたのは知っていた。あれこれ画策していたのもわかっている」

貴家も路綱も、大鷹の殺気を孕《はら》んだ怒りを感じたようだ。

「お、主上――なにか行き違いがあったようです。そ、それに――巡幸はいかがなされたのですか？」

確かに先刻大鷹は出立したと、貴家は言っていた。

「あの牛車には、私の身代わりの陪従が乗っている。私はお前たちの奸計《かんけい》を知り、密かにここに残ったのだ」

「な、なぜ――」

貴家の声が掠れる。路綱はもはや声も出ず、ぜいぜい喘ぐばかりだ。

すると大鷹の背後から、すっと音もなく侍従姿の男が進み出た。

「私がずっと藤花家を内偵していたのです」

その声には聞き覚えがあった。大鷹の腹心、望月だ。

「お、前が……！」

貴家が絶句する。望月はすらりと腰の剣を抜き、大鷹の側に控えた。貴家はへなへなと、路綱の側にくずおれた。

「彼に逐一、お前たちの動向を報告させていたのだ。この巡幸に乗じて、紅子を亡き者にしよ

うと企んでいたこともな」

大鷹は素早く紅子に近づき、猿ぐつわと縛《いまし》めを外した。

「大鷹様！　大鷹様！」

吹き出すように声が溢れる。紅子は泣きながら大鷹の首にぎゅっとしがみついた。震えるその身体を優しく抱きしめ、大鷹がささやく。

「恐ろしい思いをさせてすまない。はっきりした証拠を掴むため、あなたを巻き込んでしまった」

愛する人の温かい身体、優しい声、熱を帯びた瞳。待ち焦がれていた、唯一の人――どっと熱い悦びが身体中を駆け巡る。

「ああ、紅子はあなたをずっと心の中でお呼びしていました！」

安心のあまりくたくたと身体の力が抜けた紅子を労るように座らせると、大鷹はすっくと立ち上がり、腰を抜かしている貴家と路綱を睨んだ。

「紅子に無体をいたそうとしたな――とうてい許せぬ！」

大鷹の右手が、帯剣の柄《つか》にかかった。そしてすらりと抜刀する。研ぎすまされた刀身がぎらりと光った。彼はそのまま一歩、ずいっと進み出る。全身に恐ろしいほどの殺気が漲《みなぎ》っている。

「うわぁぁ、お、お許しを！」

貴家が踏みつぶされたヒキガエルのような、耳障りな悲鳴を上げ、その場に這いつくばる。

路綱はすでに半分気を失ったように突っ伏している。

紅子はとっさに叫んでいた。

「――だめっ！　大鷹様！　帝が穢れてはなりません！」

自分のどこにそんな力が残っていたのだろうと思うほど素早く飛び起きた紅子は、あるだけの力を込め大鷹の腕を押さえた。

大鷹は悪夢から覚めたようにびくりとした。そして目を見開いて、腕にしがみついている紅子を見た。

「――紅子……」

紅子は涙の溢れた目で心を込め見つめる。

「私は――信じてました。きっと大鷹様が救いに来られると。そしてあなたはその通り私を救いに現れてくださった――もう、それで充分です、紅子は充分です。これ以上、私のために誰かの血を流すことなど、どうかなさらないで――！」

大鷹が眩しげに目を逸《そ》らし、足元でがくがく震えている貴家をじっと見やった。

やがて、彼は深くため息をつくと刀を鞘《さや》に納め、いつもの静かな声で言った。

「――関白殿。あなたは若輩者の私を、いろいろ導いてくれた。そのことは、心から感謝しているのだ」

貴家が強ばった表情で大鷹を凝視《みつ》める。大鷹の声にはもはや怒りはなく、深い哀《かな》しみの色に満ちている。

「あなたがいなければ、私は帝として正しい道を進むことはできなかった――できればずっと、よき忠臣として私を導いて欲しかった……」

「――主上……！」

貴家は憑《つ》き物が落ちた表情になる。血走った彼の目に、涙が浮かんでくる。

大鷹の美貌は崇高なほど気高くみえた。

「だが――こうなってはもはや手遅れだ。あなたたちは沖島《おきしま》へ島流しに処する。覚悟しておいてくれ」

「――主上、どうかお許しください――！」

貴家はがっくりと首を垂れ、平伏する。路綱もがくがく震えながら頭を床に擦りつける。

「どうか――私の妻や娘たちには、お慈悲を――お慈悲を！」

大鷹は憂いに満ちた顔でうなずいた。

「わかっている――案ずるな」

路綱がおいおいと情けなく号泣し、貴家の落ち込んだ肩が、細かく震えていた。

その後、密かに控えさせてあった検非違使たちに貴家と路綱は捕縛された。

大鷹と紅子は望月に導かれ、神社の裏門に待機させてあった牛車に乗り込んだ。

望月は大鷹に声をかけた。

「お急ぎください。先に出た行列は途中で車輪が轍《わだち》に取られたとして、進みを遅らせております。篠山峠《しのやま》を越えた辺りで必ずや追いつきますので、その後は行列とともに次の雲井川神社《くもいかわじんじゃ》までお行きくださいさい。私は先に騎馬で雲井川までたどり着き、万事整えておきましょう」

大鷹は深くうなずき、労るような声で言う。

「望月、今回は誠に苦労をかけた」

望月は白い歯を見せてにこりとした。

「主上と紅子様のためです。いかほどのことでもございません」

望月が牛車の帳を下ろす前に、大鷹が素早く声をかけた。

「光子殿とのこと、私が必ずなんとかする」

紅子は帳が降りきる一瞬、望月の顔がぱっと真っ赤になったのを見た。

検非違使たちに守られて、牛車が出立した。

紅子は大鷹の胸にもたれてしばらく黙ってがたごと揺られていたが、思いきって胸の中の疑問を聞いてみた。

「あの……望月様におっしゃられた、光子様のことって……」

なにかぼんやり考えごとをしていた大鷹は、ふと我に返って紅子に微笑みかけた。

「ああ――望月と光子殿はずっと密かに恋し合っているのだ。それは私だけが知っていた」

「まあ……」

紅子は目をぱちくりした。

「光子殿は貴家に盛んに入内を勧められ、悩んでおられたのだ。それで、昨夜思い余って私に打ち明けに来られた。望月と結ばれないのなら、出家してしまいたいと」

「そんな――」

紅子は昨夜の大鷹と光子の会話をありありと思い出した。

(光子様の心から慕っているお方って――望月様だったのだわ)

全てが腑《ふ》に落ちる。

「光子殿にはお気の毒だが、今回の貴家の一件で、藤花家は凋落《ちょうらく》するだろう。しかしそれは、愛し合う二人にはよい機会になった。私は折りをみて、望月を昇進させ光子殿を娶《めと》るにふさわしい地位を与えてやろうと思う」

紅子は胸の疑念が払拭され、ほうっとため息をついた。

「それはよろしゅうございます」

大鷹は澄んだ目でじっと紅子を見つめる。

「本当にすまない。あなたを命の危険に晒した。あなたを一生守ると誓った私なのに――」

紅子は首を振って、彼の胸元に強く頬を擦りつける。

「いいえ、いいえ。今私はこうして大鷹様の腕の中におります。私はこんなにも守られています」

「紅子――」

大鷹はぎゅっと紅子を抱きしめた。そして艶やかな黒髪に顔を埋めると、きっぱりと言った。

「さっきから考えていた。関白が左遷された今、邪魔立てする者はいない。あなたを正式に皇后として迎えたい」

「えっ……」

驚いて顔を上げると、大鷹が力強くうなずいた。

「私の妻は未来永劫《えいごう》あなただと、この国の者全てに伝えたいのだ」

「――っ」

あまりの嬉しさに心臓が一気にばくばくいいだし、叫び出したいほどだ。みるみる涙が溢れてぽろぽろ頬を伝う。

「なんだ、泣くほど不満なのか?」

大鷹がからかうように言う。紅子はぶんぶん首を振る。胸が締めつけられるほど幸せで、声がなかなか出てこない。

「……いいえ……私は……」

大鷹はわかっているというようにそっと唇を寄せ、溢れる涙を吸い取ってくれる。

「この巡幸から無事戻ったら、私はすぐにこの詔勅《しょうちょく》を下すつもりだ」

「うっ……」

もはやぽろぽろこぼれ落ちる嬉し涙を止めることができない。

「幸せ……です。夢みたい……信じられない……夢なのかも」

紅子を唯一無二の妻であると天下に知らしめるというのだ。

今まで彼の言葉を疑ったことはない。だが光子のような優れた女人を見るたびに、自分がちっぽけなつまらない存在のように思えて気が引けることもあった。

自信を持っていいのだろうか。大鷹は自分だけのものだと、信じていいのだろうか?

「夢なら、覚ましてやろう」

大鷹の大きな手が頬をくるみ、柔らかく唇を塞いでくる。

「ふ……んぅ」

大鷹の唾液に混じって、塩辛い自分の涙の味がする。男の舌先が唇をなぞると、自然に開いて待ち受けてしまう。

するっと大鷹の舌が滑り込み、紅子の舌の脇や腹をゆっくりと撫でる。

「……ん、ぁ……」

ぞくぞく背中が震えるほど感じてしまい身体の力が抜けてしまう。思わず彼の首に両手を回してしがみついた。

「んんっ、んっ……は……」

痛いほど舌先を吸い上げられ、苦しくて首を振ろうとしても逃さないとばかりに頭の後ろを抱えられ、口蓋を丹念に探られる。唇を噛まれ、喉奥まで舌が這い回る。胸が苦しいほどどきどきし、息が詰まって頭が甘く痺れる。

いつだって大鷹の口づけは甘く激しく心地好ぃ。

「……はぁ、は……あぁ……」

すっかり骨抜きになってしまい、終《しま》いには彼のなすがままに口腔を舐り回される。

ちゅっと音を立てて唇を離した大鷹は、夜の帳のような深い色の瞳でじっと見つめてくる。

「目が醒めたか？」

紅子は潤んだ眼差しで見つめ返す。

「ああ——ますます夢みたいです……」

「それは困ったな」

大鷹が苦笑いする。そして再びちゅっちゅっと音を立てて口づけをしかけてくる。

「……ん、だめ……んんん、んぅ……」

息も絶え絶えになるまで、口腔を貪られた。

「——雨が、やんだようだ」

唇を離した大鷹が、ふっと顔を上げた。その瞬間、二人の唇の間に引いていた唾液の銀の糸がぷつっと切れる。

「あ――本当に」

聞き耳を立てた紅子も、牛車の上葺《ぶ》きを叩いていた雨音がしないことに気がついた。

上り坂だったのがいつの間にかなだらかな道に変わっている。

「そろそろ、峠の辺りだ。紅子、着物を整えてやろう」

ゆっくり身を起こした大鷹は、紅子の少し乱れた合わせ目を直してくれる。

「はい……」

まだ口づけの余韻にぼんやりしながら、紅子はされるがままになる。

「天気が回復したら、また輿に乗らねばならんな」

大鷹が残念そうにつぶやいた。

「さすがにあなたと二人で輿に乗ることは、できないな。本当は私はこの世の全ての者に、美しいあなたを披露したいくらいなのだが」

紅子は頬を真っ赤に染めて大鷹を見やる。

「やめてください――！　そんな恥ずかしいこと！」

高貴な女性は滅多に人前に出てはいけない、とさんざん宮中で注意されていたのに。帝自ら、なんとはしたないことを言うのだろう。

しかし大鷹は平然と微笑む。

「花も山深い場所に咲いていては、誰も愛でることはできないではないか」

紅子は控え目だがきっぱりした声で言う。

「いいの――私は大鷹様にだけ見られ、大鷹様にだけ愛でられたいの」

大鷹は玲瓏な美貌を切なそうに歪ませる。

「なんと嬉しいことを――紅子、生涯あなただけを愛で、幸せにすることを誓う」

その真摯で誠実な姿に、紅子は震えるほど幸せな気持ちになるのだった。

最終章　夢の通い路

巡幸を無事終え、大鷹が内裏に戻って旬日後――。

藤花貴家が関白職を解かれ、甥《おい》の路綱と共に遠島となるとの詔勅が下され、宮中は一時騒然となった。

殿上人の間では様々な憶測が飛んだが、しかし当の貴家は粛々としてそれを受けた。


――貴家が都を出立するその朝。

特別に大鷹の計らいで、貴家が最後の挨拶に鳳凰殿を訪れた。

帝との対面の間である昼御座《ひるのおまし》に通された貴家は、平伏して待っていた。

現れた大鷹は、着座しようとしてはっと足を止めそうになった。

貴家は頭を丸めた出家姿であったのだ。

大鷹は黙って御座に着いた。しばらく二人は無言でいたが、やがて大鷹がおもむろに口を開いた。

「貴家、そなたその姿は――」

貴家は頭を下げたまま答える。

「主上にたてついた愚かな我が身、誠に慚愧《ざんき》の念に堪えません。かくなる上は出家し、仏に仕えて、心静かに生涯を終えようと思います」

大鷹は万感の思いを込めてつぶやく。

「そうか――」

貴家はわずかに頭を上げる。

「昨夜――光子と最後の別れをしました――その時に、娘がどんな思いで私の命に従っていたか、初めて知りました」

大鷹がかすかに眉を上げる。

「どうか――光子のこと、重ねてお願い申し上げます。娘のよきように、お計らい願います。私のお願いはそれだけでございます」

「――わかった」

大鷹がはっきりと答え、貴家はほっとしたように肩の力を抜いた。そして再び床に額をこすりつけた。

「それではこれで失礼いたします。主上におかれましては、さらなる栄達をお祈り申し上げております」

貴家がゆっくり立ち上がり昼御座を出ようとすると、大鷹がふいに声をかけた。

「これは、内裏の年長者に聞いたのだが――その昔、そなたと相思相愛にあった女房を、亡き父上が強引に入内させ側室にしたという話は本当か？　その女房は、傷心のあまり入内してすぐに病で亡くなられたと――そなたはそれを、積年の恨みに思っていたのではないか？」

一瞬貴家の背中が強ばり、かすかに震えたように見えた。

しかし彼はそのまま歩みを進めながら、そっと答えた。

「――なんのことかわかりかねますな。それに――もはや昔のことです」

さらさらと袈裟《けさ》の衣擦れを残し、貴家は立ち去った。

御座に残された大鷹は、憂い顔でそれを見送った。


翌年。新年の祝いが明けた吉日。

大鷹帝は正式に、紅子を皇后にするとの詔勅を下した。

内裏では宮中饗宴《きょうえん》の儀が、正殿の至宝殿にて三日三晩行なわれた。大鷹帝と皇后紅子は、儀に招かれた殿上人から地方貴族に至るまで全ての祝賀を受けた。

大鷹は、帝だけが許される桐竹唐草に鳳凰を散らした紋様の黄櫨染御袍《ごほう》に身を包み、太陽のごとく輝いて見える。片や紅子は、濃紫に雲鶴《うんかく》の丸の紋様の唐衣に表衣は紅の菊紋様の品格のある裳唐衣姿で、豊かな黒髪は肩の辺りで絵元結で束ね、前髪を上げて鬢《びん》を作りそこに黄金の櫛《くし》を飾り、初々しい天女のような美しさだ。

美貌の二人が並んで高御座《たかみくら》の茵に座している姿は、この世のものとも思えない神々しさであった。

紅子はあまりの緊張と幸福感にぼうっとして、饗宴の儀の間の記憶がほとんどなかった。ただ、傍らで姿勢よく座している大鷹の立派な姿にほれぼれして、見惚れていたことは覚えている。

祝賀の折々で、彼はそっと紅子に顔を向けては、

「疲れてはおらぬか」「喉は渇いてはいないか」

と、気遣いを忘れない。そのたびに紅子は嬉しさに頰を染め、

「大丈夫です」

と答える。すると彼は優しく微笑み、うなずいてくれる。その笑顔だけで胸がいっぱいになり、本当に大鷹の妃《きさき》になったのだという実感が込み上げる。

儀の全てが終わった際には、彼は先に座を立ち紅子に手を添えてくれた。恥ずかしげに片手を差し出すと、ぎゅっと力強く握りしめる。そしてそのまま手を繫いで、高御座を退席した。

至宝殿を出て、鳳凰殿へ向かう廊下でも彼は手を引きつけて離さない。陪従や女官たちの目

があるので、紅子は戸惑いながら小声で言う。

「あの……大鷹様……手を——私はあなたの後ろから参りますから」

するとと彼は玲瓏な顔をまっすぐ紅子に向け答えた。

「だめだ。離さない。今も、これからもずっと、あなたは私の傍らを一緒に歩んでいくのだ。そのことを、皆にも知らしめたい」

「……大鷹様……」

紅子は感動のあまり、危うくその場で嬉し涙にむせぶところだった。目出たい場での涙は禁物。紅子はきゅっと紅唇を引き締めまっすぐ前を向いた。そして彼の手をぐっと握り返した。すると大鷹は喜ばしげに顔を向け、少し悪戯っぽく言う。

「では、その言葉の証《あかし》を見せよう」

「え？」

紅子がぽかんとしている間に、手を引かれたまま鳳凰殿の車寄せまでたどり着いてしまった。

先導していた陪従が、妻戸を大きく開く。

「さあ、おいで」

大鷹に促され、紅子はそろそろと車寄せに出る。そこで目にしたものに、あっと声を上げてしまう。

階《きざはし》の下の車寄せには、望月ら顔なじみの陪従たちが礼服でぞろりと控えていた。

そしてそこには豪奢な鳳輦《ほうれん》の輿が一台置かれていたのだ。

「これは――？」

物問いたげな紅子に、大鷹は大きくうなずく。

「これに乗り、大国珠神社《おおくにたまじんじゃ》に参拝する――あなたと一緒にだ」

紅子は呆然《ぼうぜん》として言葉もなかった。確かに宮中饗宴の儀の後には、婚姻の神である大国珠神社に参拝するのが習わしではあったが、帝は輿、皇后は牛車で別々にというのが慣例である。

「わ、私と――？」

おろおろしている間に、大鷹は先に階を降り輿の前に立った。そして紅子を振り返り、手を差し伸べる。

「おいで」

彼の視線はまっすぐで真摯だった。紅子はもはや躊躇わず階を降り、彼に手を預けた。大鷹は彼女を支えるようにして、先に輿に乗せる。真新しい輿は幅広に作ってあり、二人が並んで座せるよう大鷹がしつらえさせたのだ。紅子が腰を下ろすと、すぐさま彼が側に乗り込んだ。

「よし。出発せよ」

大鷹が笏《しゃく》で輿の手すりを軽く叩くと、望月がはっと頭を上げる。

「僭越《せんえつ》ながら、この望月、先導のお役目を果たさせていただきます」

主《あるじ》の晴れ姿に、望月の表情も誇らしげに輝いている。

白馬に跨がった望月を先導に、警邏《けいら》の騎馬、そして輿丁《よてい》に担がれた輿がゆるゆると動き出す。内裏の表門へ粛々と進む。

生まれて初めて輿に乗りしかも帝である大鷹と一緒で、紅子はすっかり夢見心地だ。

都の大通りに出ると、望月が凛と声を張り上げる。

「参らせ～、参らせ～!」

大通りの脇に寄り、帝の婚姻を祝賀しようと待ち受けていた大勢の民たちは、一瞬はっと声を呑んだ。

黄金造りの大きな鳳輦の輿が、しずしずと進んでくる。そこに、雛《ひな》人形のように美しい男女が座している。帝の男らしい美貌。そして袙扇で覆われてはいるが、透けるような白い肌からも窺える皇后の抜きん出た美しさ。

「あれは――」「帝とお妃様だ」「お二人揃《そろ》ってのお出ましとは」「なんという美しさだ」

「正に神の化身であられる」「ああありがたや、ありがたや」

民たちは大鷹と紅子のこの世のものとも思えない崇高な姿に心打たれ、口々に感嘆の声を上げる。

「ごらん、民たちがあなたの姿を見て、感動のあまり涙をこぼしている」

正面に顔を向けたまま、大鷹がささやく。

「そんな――皆、大鷹様のお姿に敬服しているのですわ」

紅子の慎み深い言葉に、彼はかすかに首を振る。

「それは違う。いつぞや、行幸の折りに私が言ったろう。この世の全ての者に、美しいあなたを披露したい、と。その願いが今かなったのだ」

大鷹は満足げに小さくため息をつく。

「私――」

紅子は、大勢の民の視線に晒されているという緊張感に押しつぶされそうになる。衵扇の陰で顔をうつむけたい思いに駆られる。だが、もはや自分は皇后であるのだ、という自覚が心のどこかに芽生えていた。

（私の恥は、大鷹様の恥になるのだ）

そう自分に言い聞かすと、ふいに背筋がしゃんと伸びた。

（そうよ、私は帝の唯一無二の妃になったのだ。自信を持つの）

居ずまいを正した紅子に、大鷹がそれでいいというようにうなずく。

「私の紅子。私の妃」

「はい」

「私の愛しい妻」

「はい」

二人だけに聞こえる声で、愛をささやき合う。

紅子は多幸感に酔いしれながら、徐々に近づいてくる大国珠神社の紅い鳥居を見つめた。

今が人生で最大の幸福な時だと思っていたが、それは違う。この先もずっと、この幸せは続くのだ。

帝の婚姻の祝賀として、紅子の五条《ごじょう》の父始め各役職に昇進の沙汰が出された。五条の父は左大臣に昇進し、これを以《もっ》て紅子は大臣の娘として、押しも押されもせぬ帝の妃となったのだ。

望月には少納言の位が授与された。

その日、昇進の挨拶に訪れた望月に大鷹は祝いの言葉を述べた後、さりげなく付け加えた。

「藤花本家は、今は三条《さんじょう》通りの小さい屋敷へ移ったそうだ。三の姫の殿は、椿《つばき》の美しい庭に面していると聞いた」

平伏した望月の耳にみるみる血が昇る。

「明日は朝参には方向が悪い。ちょうど三条の辺りが方違《かたたが》えによい位置だ。明日は、そこへ方違えしてから、こちらへ参るがいい。昼過ぎになってもかまわぬ」

望月は無礼も顧みず思わず顔を上げる。

大鷹がにこりと微笑んだ。

「三の姫が待ち焦がれているぞ」

望月の目に感謝の涙がみるみる溢れた。彼はそれを隠すように慌てて平伏し直す。

「御意。そのようにいたします！」


皇后となった紅子は、帝のおわす鳳凰殿に一番近い場所に新たに造った麒麟《きりん》殿に移り住むことになった。ここからだと、廊下一つ隔ててすぐに鳳凰殿だ。なるだけ紅子の側で暮らしたいという大鷹の希望からだった。

「やっぱり新しい建物はよろしゅうございますわね」

格子窓を開けながら、山吹が満足そうに深々と息を吸う。

柊命婦は、部屋の奥で紅子用の火鉢の炭を替えながら少し眉を顰《ひそ》めて言う。

「山吹、そんなに窓を開けては皇后様がお寒いでしょうに」

側の黒漆の文台で手習いをしていた紅子は、にこりとする。

「いいのよ。冬は閉じこもりがちだから、清々《すがすが》しいわ」

それからかすかに頬を赤らめる。

「柊命婦まで皇后様だなんて――やめてくれる？」

柊命婦はきっと紅子を振り返る。

「なにをおっしゃいますか！　今や紅子様はこの内裏で一番位の高いお方ですよ。もっと威厳をもってください」

「だって――」

紅子はますます顔を赤くする。

大鷹の唯一無二の妻になれたことは、心から嬉しいし皇后としての自覚も日ごとに深まっている。だからといって急にいかめしく振る舞うこともできない。今まで威丈高だった女房たちが、掌を返したように媚《こ》びへつらうのも気が重いばかりだ。だから、最初から紅子に心を捧げて仕えてくれた者たちとは、隔てをつけたくなかった。

「あらまあ！　寒いと思ったら――」

格子窓のところで、山吹がすっとんきょうな声を上げる。

柊命婦がさすがに彼女に注意に行こうとする。

「姫様！　雪ですよ！　初雪！　どんどん降ってきますわ！」

山吹の声に、紅子は思わず腰を浮かした。

「雪ですって⁉」

そのまま立ち上がり、格子窓へ寄っていく。

窓から顔を覗かせると、そこはすぐ殿の内庭で、綺麗に整えられた白砂の庭にふわふわと真っ白い雪が舞い降りている。

「綺麗――」

紅子はうっとりと見惚れた。

すると他の女房たちも、次々窓際に寄ってくる。皆てんでに外を覗いては、

「なんと美しい」「初雪は縁起もの。今日はなにかお祝いをしましょうよ」「それがいいわ」

などと、紅子を囲んではしゃぐ。

紅子も嬉しそうに彼女らと雪を観賞している。

その様子に、柊命婦は、

「まったく、皆――高貴な方は端近に寄らないものだとか、陰口を叩いていたくせに――皇后様がお優しいから図に乗って」

呆《あき》れたように首を振る。

だがひところより、紅子を取り巻く環境が明るく賑やかになったことだけは認めないわけにはいかなかった。


「今宵は雪見酒だな」

ふいに窓越しに声をかけられ、女房たちも紅子もはっとした。

大鷹がにこにこしながら、玲瓏な顔を覗かせた。彼は内庭に出ていたのだ。

女房たちは蜘蛛《くも》の子を散らすように部屋の奥へ逃げ戻り、平伏する。

そもそもが、この帝は予告もなく麒麟殿に現れるので、女房たちもひやひやものだ。それは全て紅子に会いたくて矢も楯《たて》もたまらず、という態《てい》なので非難するわけにもいかない。

「大鷹様、朝儀は終わりましたの？」

紅子だけは嬉しそうに窓越しに声をかける。

「ああ。昼餉の前に、この初雪を楽しもうと思ってね。築山の松にうっすら雪が積もり、それはそれは見事な景色だよ」

紅子は残念そうな顔になる。

「まあ――それはさぞや美しいでしょうね」

すると大鷹が微笑む。

「階までおいで。そうしたら私が見せてあげるよ」

「本当⁉」

紅子は子どものように両手を打ち合わせ、それからそっと柊命婦の方を窺う。

「あの――行ってもいい？」

柊命婦は苦笑いしながらうなずく。

「帝のご要望なら致し方ありませんね。階までは私が介添えいたしましょう」

紅子は渡殿に向いた御簾を上げさせ、柊命婦に手を取られて簀子に出た。

簀子に出ると内庭一面に降る雪が見渡せる。

「さあ、階が雪で滑りますからね、ゆっくりと」

紅子が柊命婦に支えられて一歩一歩階を下りていくと、待ち受けていた大鷹は軽々と彼女を抱き上げた。

「あ――」

思わず彼の首に縋り付いてしまう。

「ではしばらく皇后をお借りする。なにか温かい汁でも用意して、待っておれ」

大鷹は柊命婦に声をかけると、そのまますっさと内庭を歩き出した。

人払いをしたのか、庭には二人きりだった。

「すごい――わ」

大鷹に抱かれて思い切り天を仰ぐと、粉雪が後から後から降り注ぐ。

「寒くないか?」

大鷹が耳元で優しく聞く。

「いいえ、全然」

無邪気に微笑む紅子の長い睫毛に粉雪が幾片か積もっている。と、大鷹がかすかに頬を染める。

「本当に――あなたは可愛いな」

急に誉《ほ》められて、紅子の方が赤面してしまう。

恥ずかしさを隠すために、ことさらに大鷹の首にきつくしがみつき、肩口に顎を載せて顔を見えないようにする。

「そら、雪の松だ」

大鷹の声に紅子は顔を上げる。

一段高く盛り上げてある築山に、見事な松が植わっている。

その立派な枝に、真っ白い雪がうっすらと積もってそれは見事な造形であった。

「綺麗――天の神様の作り物のよう」

ほうっとため息をついて景色に見惚れていると、大鷹がもじもじ腕を動かす。その妙な動きに紅子は気がつき、はっとして言う。

「あ、重いですか？　お疲れでしょう。あの、もう戻りましょう」

すると大鷹がむっとした顔になる。

「あなたは羽根のように軽い。これしきで疲れるわけがなかろう」

「――でも」

首を傾けて彼の顔を心配そうに覗き込むと、大鷹は眩しそうに目をしばたく。

「どうしてあなたはそんなに無垢なのだ。愛おしんでも愛おしんでも、あなたの心根はこの初雪のように白い」

紅子は目をぱちくりする。

どうしてと言われても、自分では普段どおりに振る舞っているだけだ。自分が無垢でもそんなに心根の良い女人だとも、とうてい思えない。

するとと大鷹はきょとんとしている紅子の頬に優しく唇を押し付ける。

「――こんなに冷たくなって。温めねばな」

「あ、殿の火鉢に炭が熾《おこ》ってますから」

大鷹はさらに額、鼻の先、そして唇へと口づけを繰り返しながら言う。

「火鉢などいらぬ」

ぐっと紅子を抱き直すと、大鷹はそのまま中庭を突っ切った。

「そちらは――」

麒麟殿ではない、と言いかけると、大鷹がまっすぐ前を向いて言う。

「今すぐ、二人で温め合えばいい」

「え――」

一瞬意味がわからず口ごもったが、すぐに紅子はかあっと頬を真っ赤に染める。

「や……そんな、お昼間から……」

「かまわぬ」

「だって――」

「帝の命令だ」

「ずるいわ」

言い合いながら、自然と二人は笑い出してしまう。

額をくっつけくすくす笑いながら、啄《ついば》むような口づけを繰り返す。

「早く——親王が欲しいのだ。あなた以外に私の跡継ぎを生む女人はいないのだからな」

「わ、わかってます。が、がんばります」

紅子が小さなちから拳を握ると、大鷹がぷっと吹き出す。

「がんばるのは私の方だろうよ」

「もうっ……」

再び唇が重なる。

舌と舌をきつく絡め合いながら、互いの気持ちを高め合った。

「ん……大鷹様……あ……」

口づけを続けながら、大鷹が階を駆け上がるように登る。巻き上げた御簾をくぐると、そこは鳳凰殿の昼御座で、帝の休息用の御帳台がしつらえてある。彼は帳をくぐり抜け、畳の上に紅子を横たえるや否や、そのまま覆い被さってくる。再び唇を押し付けた彼は、そのまま紅子の顎から白い喉元へ顔を落としていく。

「あ、ぁ……」

柔らかく喉を嚙まれ、びくんと背中が仰け反る。

大鷹は首筋に舌を這わせながら、両手で紅子の表着を剝ぎ、袿の合わせ目を緩めてしまう。

そうして剝き出しになった華奢な肩や肩甲骨にも口づけを繰り返す。

「――可愛い――この可愛い身体は全部私のものだ――全身に花押を押してやりたい」

ふいに肩口を痛いほど吸い上げられた。

「痛っ……」

ひくりと肩をすくめても、大鷹はそのまま胸元や半分露わになった白い乳丘にも同じことを繰り返す。

「あ、や……」

「ほら、私の花押があなたに刻《しる》されていく」

薄い皮膚の上に、鮮やかな口づけの痕が、赤い花びらのように散っている。

「美しい――積もっていく雪原に落ちる、紅椿の花のようだ」

大鷹はうっとりとした声を出す。

ふいに彼は両手を伸ばして、花びらをめくるように紅子の色取り取りの単衣《ひとえ》を剝いでいった。

「だ、め……ぁ……」

あまり声を出すと外に漏れてしまうので、紅子はおろおろしながら唇を嚙み締める。

折り重なった単衣の上に、真っ白な紅子の全裸が晒される。恥ずかしくて剝き出しになった乳房を両手で覆い隠し、ぎゅっと太腿を閉じ合わせる。

「見せておくれ。なにもかも――」

低い艶っぽい声でささやかれると、背中を擦り上げられるようにぞわっとする。

紅子は恥ずかしさに耳朶まで真っ赤に染めるが、こくんとうなずいて両手両脚を開く。

「この美しい身体は全部私のものだ」

大鷹は感に堪えたような声を出し、再び乳肌に顔を埋める。ちゅうっときつく吸い上げては、次々柔肌に赤い刻印が押されていく。

「……っ、だめ……」

このままでは全身に口づけの痕をつけられてしまう。しかしそんな心配より、全身を痛いほど吸い上げられる不可思議な悦びで、下腹部がひくんと戦慄いてしまう。ひとりでに乳首がつんと尖り、隘路がうずうずとひくつく。

「は、ぁ、あ……」

すべすべした平らな腹部、柔らかな太腿、すんなりしたふくらはぎへ──。

赤い花びらが点々と散っていく。

最後に紅子の足の指先まで口に含むと、大鷹は満足そうにため息をついた。

「さあ、紅梅が満開になった」

染み一つなかった白い肌に、無惨なほどの赤い痕が散っている。

「もはや誰にも見せられない──私だけの紅子」

紅子は羞恥に打ち震えながらも、彼に全てをゆだねているのだと思うと全身が熱く昂ってしまう。

そしてあんな端整な顔で見つめられ、あんな切ない声で愛をささやかれたら、もう抵抗なんてできない。なにをされてもいい。なにを求められてもいい。大鷹の望むもの全てを与えたい、と思う。

そっと彼の手が尖りきった乳首に触れた。

「んぁっ……」

ちくんと甘い愉悦が下腹部に走り、淫らな疼きが膨れ上がる。

「──昂っているのか?」

やわやわと乳房を手で捏《こ》ねながら、大鷹が窺うように顔を見る。

「い……言わないで……そんなこと」

口づけの愛撫だけではしたなく燃え上がり始めた自分に、恥ずかしくて気を失いそうだ。

大鷹がわかったというようにうなずく。

「ではもっと触れてあげよう」

大鷹が胸の膨らみに顔を寄せ、凝った乳首を啄む。

「あ、やぁ……」

子宮が疼く感触にびくんと腰が跳ねる。

「や……しちゃ……私……」

なにも言っていないのに、大鷹は紅子の秘めた欲求を全て承知しているのだ。彼の熱い口腔の中で、疼く乳首が舌先で転がされ擽られる。

「……んぅ、は、はぁ……っ」

嚙み締めた唇の間から、艶かしい声が漏れてしまう。

「可愛い声を……感じやすい紅子――とても愛おしい」

執拗《しつよう》に左右の乳首を口腔で扱かれ、太腿の狭間がぐっしょり濡れそぼつ。それが恥ずかしくてもじもじ足を摺《す》り合わせると、大鷹の片手がそこへ下りてくる。

「ここも、触れて欲しいのだな」

「や、ちが……ぁ、あ……」

首を振ろうとしたが、長い指先が若草を掻き分け、疼く秘裂をそろりと撫でただけで、腰が蕩けるほど感じてしまい、拒否できない。

「……ふ、ぅ、あぁ、も……弄らないで……」

ぬるりと蜜口を開かされ、陰唇を辿《たど》られる。ぞくんぞくんと甘い喜悦がせり上がり、両脚がしどけなく開いてしまう。

「わかっている――あなたはいつも欲しいことと逆を言うのを」

大鷹は耳元でささやき、指を二本に増やすと濡れ襞を掻き分けて、ぐちゅぐちゅと抜き差しした。

「あっ、だめ……あぁ、いじ、わる……っ」

全身を駆け巡る快感に身悶えながら、紅子は首をふるふる振る。

「意地悪な私も、好きだろう?」

淫襞を擦る彼の親指が、膨れた秘玉をそっと撫でる。

「ひ……あぁ、や、あぁぅ」

びりびりと痺れるような刺激が脳芯まで走る。

「ああ、ますます溢れてきた——こうされるのが、好きだろう?」

ひりつく秘玉をころころ転がし、疼く柔襞を擦り上げられ、紅子は小刻みに震えながら甘く喘ぐ。

「ふ……んぅ、や、やぁ……ぁあっ」

今日の大鷹はいつもより少し執拗だ。初雪で気が昂っているのかもしれない。

「さあ言ってごらん。意地悪されるのも好きだって——」

狭い御帳台の中に、ぴっちゃぴちゃと愛蜜の弾ける淫猥な音が響き、紅子は興奮と恥ずかしさで卒倒しそうなほど頭が煮え立つ。

こんな昼間にはしたない行為に耽るなんて、恥ずかしすぎる。

「も……堪忍して……どうか……」

思い切って身を捩って腕を振りほどき屋形の隅へ逃げようとすると、背後から細腰を摑まれ引き倒される。

「んきゃ……っ」

紅子の足をそっと引き、お尻を突き出すような格好にする。

「……や……っ」

股間に熱い息がかかったと思うと、大鷹の長い舌が濡れそぼった淫唇を擽った。

「ひぅ……っ」

ぬるぬると秘裂をなぞられ、じんじん疼く秘玉を舐られると淫らな喘ぎ声が口をついてしまう。慌てて拳を口元に押し当てて耐える。

「……ふ、くぅ……ふぁ……」

痺れるような疼きに必死で耐えていると、逆に蜜壺《みつつぼ》は物欲しげにひくひく収斂し、とぷりと粘っこい蜜を溢れさせてしまう。

「――さあ、素直に言ってごらん。こうされるのが大好きだと」

くちゅりと舌を抜いた大鷹が、今度は指で秘玉の包皮を剝くようにぬるぬると撫でる。

「……うぁ、あ、だ……やめ……んぅう……」

鋭い喜悦が下肢から駆け上って、紅子を追いつめる。思い切り嬌声を上げたいが、それをひたすら耐えていると、熱を持った頭がぼんやり霞んでくる。

辛い。

媚肉が満たして欲しくて痛いくらいに蠢き、驚くほど大量の淫蜜を吹き出し、このままではあまりに苦しすぎる。

「……ふぅ、う……」

肩越しに恨みがましく大鷹を見つめるが、彼は素知らぬ顔で指戯を繰り返す。悔しいが、意地悪をする大鷹にすら魅了され、胸がときめいてしまう。

「……あ、す、好き……」

首をがくりと垂らし、震える声でつぶやいた。

長い指がふいにぐぐっと奥まで突き立てられ、紅子は危うく悲鳴を上げそうになる。

「これが？　なにが？　私の言った通りに言わないと――」

ぐりぐりと最奥を掻き回され、子宮が疼いて切なく苦しい。

「……ひぅ、う、い、意地悪されるのが、好き……」

恥ずかしい言葉を口にしてしまうと、かあっと全身が燃え上がりもう自制心は粉々になってしまう。

「あ、お願い……好きですから……大鷹様に意地悪されるの、大好きです……だから」

自分からねだるように腰を振り立ててしまった。

「可愛い紅子――ほんとうに愛らしい」

長い指が引き抜かれ、その喪失感に背中がぶるっと戦慄く。背後で衣擦れの音がしたかと思うと、ひくつく蜜口にぐっと硬く熱い切っ先が押し当てられた。

「あっ……だめっ……」

はっとして腰を引こうとするより早く、ずぶりと膨れ上がった肉胴に突き上げられた。

「んんんぅ、あ……ぁっ」

脳芯まで貫かれたような衝撃に、紅子は弓なりに仰け反る。大鷹がのしかかるようにして、腰を繰り出す。

「——あなたの望むものを上げよう」

最奥まで穿つと、ぐぐっと根元まで引き抜かれ、その行為を繰り返される。

「ふ……ぁ、あ、激し……っ、あぁっ」

紅子は腰を突き出し、散らばった単衣にしがみついてあえかな声を漏らす。大鷹はぐいぐいと激しく腰を穿つ。

「ひぅ……声が……あぁ、声が……」

鳳凰殿に控えているはずの陪従たちに、淫らな嬌声が聞こえてしまう。華奢な肩を波打たせながら、紅子がふるふる首を振る。すると背後から腰を抱えた大鷹が、腕を回して紅子の口唇に指を突き入れてきた。

「……ぐ、ふ……」

「噛んでもよいぞ」

喉奥までしなやかな指を押し込まれ、紅子はくぐもった声を上げる。

「……んぅ、ふ、ぐぅ……うぅっ」

ずんずんと子宮口まで押し回すように掻き回され、愉悦で全身から力が抜ける。しかも口腔に突き立てられた指も同じように抽送されると、膣壁と同じように感じ入ってしまう。呑み込みきれない唾液が溢れ、紅子の白い喉元まで滴る。

「――締まる――ここが好いのか」

感じやすい部分を硬い亀頭でごりごりと擦り上げられ、紅子は喜悦で小刻みに腰を震わせて身悶えた。

「……ひぁ……だ……め……ぁぁあっ」

「あなたの中がきつく私を包んで――熱い」

大鷹が汗ばんだ顔を寄せ耳朶を甘く噛む。

「……うむぅ……ぐ、ぅう……」

溢れた愛液が中で捏ねくり回され、笠の開いた亀頭が引き摺《ず》り出されるたびに結合部分から、泡立って溢れてくる。がくがくと激しく揺さぶられ、目の前が法悦で真っ白に染まっていく。

「や……ぁあ、ふぁ、んぁあぁっ」

目尻に涙を溜めながら、紅子は喜悦に咽《むせ》び泣いた。

「――紅子、紅子、愛おしい、愛おしい――」

さらに抽送を速めながら、彼が唾液まみれの指を紅子の口腔から引き抜くと、乱暴に唇を奪ってくる。

「ふぅ……んんぅ、む……んんんっ……」

ちゅーっときつく舌を吸い上げられ唾液を啜られ、息が止まり気が遠くなる。意識が朦朧としながら、必死で舌を絡め合わせ、絶頂を極めることだけに集中する。

「……ん、も……う……んんぅぅうっ」

煌めく快感の高みがすぐそこに迫り、無意識にいきんでは男の怒張をきりきりと締め上げ、彼をも追い込んでいく。

「——っ、紅子、私の全てを——」

ふいに大鷹が唇を引きはがし、ぶるりと腰を震わせた。

「あっ……んぁあ、あぁあぁっ」

怒濤《どとう》のように愉悦の高波に襲われ、紅子は全身を波打たせて喘ぐ。

「——っ」

大鷹が低く唸り、激しく滾る欲望を膣奥に吹き上げた。

「……ぁ、あぁ、熱い……ぁあ、大鷹……様……ぁ」

びくびくと腰をくねらせ背中を仰け反らせ、紅子はめくるめく絶頂に達した。

愉悦の余韻を互いに分かち合いながら、二人はぴったりと肌を寄せて抱き合っていた。

屋根や格子窓を打つさらさらという粉雪の降りしきる音が、にわかに大きくなった。

「――このままだと、今宵はかなり積もりそうだな」

「そうなると、殿上人の方々は明日の朝参が困難になりますね」

紅子が心配げに言うと、大鷹がふいに嬉しそうにくすくすと笑う。

「それはいい、好都合だ」

紅子は事情が呑み込めず、首を傾ける。

「なにが?」

そのあどけない表情に、大鷹は蕩けそうな笑みを浮かべ、彼女の頬を両手で優しく包む。

「朝儀が中止となれば、あなたと心ゆくまで朝寝ができるというものだ。この世の極楽だ」

「も……う！　大鷹様ったら……」

紅子は呆れて彼の手を振りほどこうと顔を振る。しかしさらに強い力で顔を押さえられ、唇を奪われる。

「……ぁ、ふ……んんぅ……」

息をも奪われる甘い口づけに、拒もうという気持ちはたちまち霧散してしまう。

そして紅子の頭の中にも、愉悦の真っ白な雪がどんどん積もっていく。

やがて、甘美で淫らな悦楽に身も心も溺れていく。

――月日は流れ……。

新年下旬子の日、宮中では内宴が催されていた。

これは新年の一連の儀式が一段落し、帝が参加した貴族たちを慰労するために執り行なう私宴である。男女が分かれて歌を取り交わす新春の歌会や、舞姫たちの女楽奏舞の披露など華やかな演目が続く。

高御座に並んで座している大鷹帝と皇后紅子は、ゆったりとにこやかに宴を楽しんでいる。

「おお、次は童舞《わらわ》ぞ」

杯を干した大鷹が嬉しそうに、前庭にしつらえた朱の高欄の高舞台の方へ身を乗り出す。

「ああ楽しみにしてました」

銀の片口銚子を手に取り、彼の杯に酒を注《つ》ぎながら紅子も声を弾ませる。

楽隊が少し軽やかな楽曲を奏で出す。するすると四人の童髪の少年が舞台に登場する。皆七歳くらいの、利発で美しい少年ばかりだ。童髪に金の天冠を付け、そこに山吹の挿頭花《かざしのはな》を飾り、手にも山吹の花飾りを持っている。萌葱《もえぎ》色の裳服に背中に極彩色の蝶《ちょう》の羽飾りを背負っている。

一糸乱れぬ美しい蝶の舞い姿に、居並んだ殿上人たちも感嘆の声をしきりに漏らす。

「やはり新月《しんげつ》様は舞いがお上手だわ。光子様譲りですね」

紅子は小柄だがしなやかな身のこなしをする少年を指して、うっとりとした声を出す。

殿上人が観劇している席には、礼服姿の望月と側に慎ましく控えている妻の光子の姿もある。

新月は彼らの長子だ。

「なにを言う。私たちの若虎《わかとら》の舞いも、負けず劣らずではないか」

大鷹が、ひときわ背の高いすらりとした少年を杯で指し示す。色白で黒目がちのその美少年が、第一皇太子若虎である。

「ふふ、あなたは我が子贔屓《びいき》ですものね」

紅子がからかうと、大鷹は少し酔いの回った目で彼女を見た。

「もちろんだ、愛しいあなたが生んでくれた大切な我が子だ。私の宝だからな」

紅子はその愛情のこもった表情に、嬉しくぽっと頬を染める。

「――男子はもちろんだが。次はぜひ、女子が欲しいな」

大鷹が、そっと彼女の手を握る。紅子はその手を取って、自分の腹部へ軽く乗せる。そこはずいぶんと膨らんできている。桜の花が咲く頃には、第二子が誕生するだろう。

「そうね、そうだといいけれど――」

「きっとあなたそっくりの、目も覚めるような美しい女の子だ」

大鷹は独り合点してうなずく。

「今から楽しみで仕方ないよ」

「あなたったら――」

紅子は切ないほどの幸せに胸がいっぱいになる。

大鷹帝が統べるようになってから、国には大きな災いもなく、民は平和に暮らしている。紅子のかけがえのないものが年とともに増え、なにもかもがきらきらと美しく光り、幸福に満ちている。

「なにを考えている？」

祖扇の陰で一人微笑んでいる紅子に、大鷹が顔を寄せてくる。

「この喜びと幸せが永遠に続くようにと、祈っていました」

蕩けるような微笑みを浮かべて彼を見上げると、ふいに口唇に優しく口づけされた。

「――っ、祝宴の席で……っ」

紅子が真っ赤になってどぎまぎすると、大鷹は平然と言い放つ。

「扇で見えぬ」

再び唇を覆われ、紅子は目を見開く。彼の深い漆黒の瞳には、自分の顔だけが映っている。

そして自分の瞳にも映っているのは、彼の姿だけ。

「……もう」

困った声を出しながらも、紅子はうっとりと瞼を閉じた。

あとがき

皆さん初めまして、すずね凜《りん》と申します。

この度は、スイーツな平安風味のお話に挑戦させていただきました。最近の私は、いちゃラブハッピー路線まっしぐらなので、今回のお話もノリノリで書きました。

書くものがどんどん甘くなるに反比例して、私の私生活はますますしょぼいものになっていくところが、ちょっと辛いです。最近のもっぱらの楽しみといえば、仕事の合間のアイスクリームを舐めながらのスマホゲーム。なにこれー。色気もなにもあったもんじゃないー。私の王子様はいったいどこにいるんでしょう⁉　いない？　やっぱり……。

まあしょっぱい私生活が、夢いっぱいの甘いロマンスに昇華しているのなら、もう諦めます。読者の皆様にささやかな楽しみを提供できれば、これ以上の幸せはありませんもの。

今回、丁重な打ち合わせを幾度もしてくださった担当さんに感謝です。

挿絵を描いてくださったもぎたて林檎《りんご》さんにも御礼申し上げます。とても可愛らしい絵で、ずっと林檎さんに描いて欲しいなぁと思っていたので、夢がかないもう感激至極であります！

読者の皆様、ぜひご感想などお聞かせ願います。すずね、ますますがんばっちゃいます。

これからも素敵なラブロマンスをお届けしたいと思っています。

読んでくださってありがとうございます！

ファンレターの宛先

〒102-8584 東京都千代田区富士見1-8-19
株式会社 KADOKAWA アスキー・メディアワークス ジュエルブックス編集部
「すずね凜先生」「もぎたて林檎先生」係

http://jewelbooks.jp/

平安《へいあん》♡溺愛《できあい》まりあーじゅ

2015年2月25日　初版発行

著者　すずね凜

イラスト　もぎたて林檎

発行者 ―――― 塚田正晃
発行 ―――― 株式会社 KADOKAWA
〒102-8177 東京都千代田区富士見2-13-3
プロデュース ―― アスキー・メディアワークス
〒102-8584 東京都千代田区富士見1-8-19
03-5216-8377（編集）
03-3238-1854（営業）
装丁 ―――― Office Spine
印刷・製本 ―― 株式会社暁印刷

小社ホームページ http://www.kadokawa.co.jp/

Printed in Japan
ISBN 978-4-04-869276-2 C0076